岡山文庫

327

棟田 博の作品世界

天児 照月

日本文教出版株式会社

岡山文庫・刊行のことば

岡山県は古く大和や北九州とともに、吉備の国として二千年の歴史をもち、遠くはるかな歴史の曙から、私たちの祖先の奮励とそして私たちの努力とによって、現在の強力な産業県へと飛躍的な発展を遂げております。

小社は創立十五周年にあたる昭和三十八年、このような歴史と発展をもつ古くして新しい岡山県のすべてを、〝岡山文庫〟（会員頒布）として逐次刊行する企画を樹て、翌三十九年から刊行を開始いたしました。

以来、県内各方面の学究、実践活動家の協力を得て、岡山県の自然と文化のあらゆる分野の様々な主題と取り組んで刊行を進めております。

郷土生活の裡に営々と築かれた文化は、近年、急速な近代化の波をうけて変貌を余儀なくされていますが、このような時代であればこそ、私たちは郷土認識の確かな視座が必要なのだと思います。

岡山文庫は、各巻ではテーマ別、全巻を通すと、壮大な岡山県のすべてにわたる百科事典の構想をもち、その約50％を写真と図版にあてるよう留意し、岡山県の全体像を立体的にとらえる、ユニークな郷土事典をめざしています。

岡山県人のみならず、地方文化に興味をお寄せの方々の良き伴侶とならんことを請い願う次第です。

発刊にあたって

美作市林野出身の作家棟田博氏と日本文教出版株式会社は、かつていわく因縁があった。

昭和39年、第5代社長吉田研一のもと、岡山県の百科事典を目指した岡山文庫シリーズが企画刊行された。当時は意気軒昂で刊行ごとに著者の文化講演会や岡山を知ろう会などが開催されていた。そして、昭和48年9月1日、会社創立25周年記念と銘打ち岡山県総合文化センター（現、天神山プラザ）において、日本リーダーズダイジェスト編集長松田銑氏「世界と郷土」と共に棟田博氏「ヒューマンということ―板東俘虜収容所」の講演会を開催。吉田研一の親交に

昭和48年9月1日講演会の様子

依るものと思われる。その内容の記録が見当たらないのが残念だが、棟田氏はその時、徳島新聞に板東俘虜収容所の記事を連載中で、さぞかし意欲的な内容だったろうと推測できる。

棟田博といえば昭和14年『分隊長の手記』で爆発的人気作家となった「兵隊作家」であり、その後「大衆作家」に位置付けられている。時の推移を経て当時の流行作家も今では忘れ去られた感は否めない。

しかし、『美作ノ国吉井川』が書かれたのが50年前、『そして、お犬小屋が残った』は45年前なのである。長編小説で大変読み応えがあり、心に残る作品である。

湯原の民話から材をおこした『ハンザキ大明神』や『美作ノ国吉井川』では明治初期の文明開化の風俗、人力車、牛鍋、高瀬舟、鉄道開通、世界情勢などが目まぐるしく映し出されているのが圧巻である。『そしてお犬小屋が残った』においては、江戸幕府における津山藩の苦境が綿密な資料の下調べに基づいたリアルな説得力を持つ作品である。

そして、この多岐にわたる数多くの棟田作品に通底しているものは人情であり、人の心の機微を表しているヒューマニズムなのだ。そこが氏の敬愛する、時代小説作家であり新国劇をけん引した師匠、長谷川伸に通じるところなのであろう。庶民派の棟田作品には兵隊時代に培われた戦友への思いや人間愛が脈々と流れている。

今の時代に改めて読み直し、心に刻んでおきたい人と作品である。

2022年　10月

日本文教出版株式会社 会長 塩見 千秋

美作から望む那岐山と吉井川（野上耕治氏撮影）

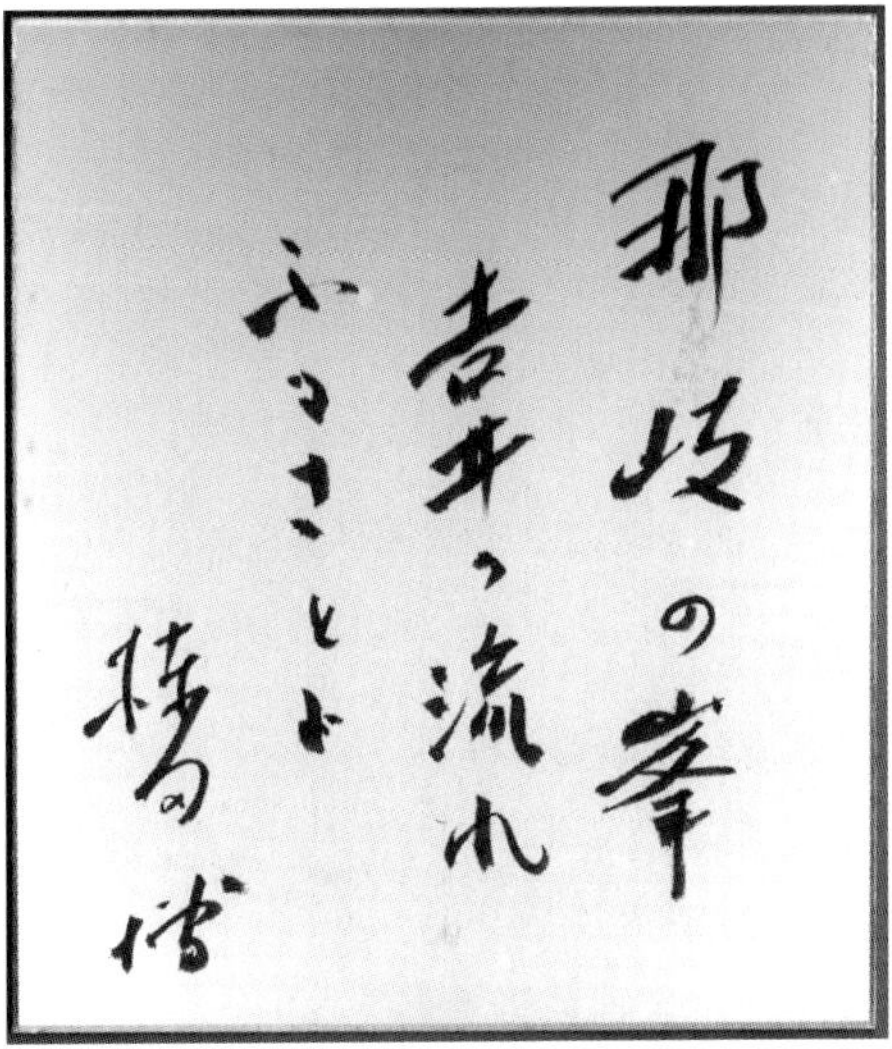

昭和 52 年１１月３日に勝央町公民館前に木村毅氏の文学碑除幕式が行われ、野田宇太郎氏、棟田博氏、木村毅氏が参列、記念講演をされた。その後、三氏は４年前の昭和 48 年４月２３日に亡くなられた阿部知二氏の本家（美作市中山）にご両親の墓参りに来られた。その際に揮毫された棟田博氏の色紙

（阿部方一氏所蔵）

凡例

・本文中の文献引用は行頭2字あきとした。

・本作品には、今日の人権意識からみて、不当、不適切と思われる表現があります。これらは現在では使用すべきではありませんが、原文を尊重する立場として、また、著者が故人のため作品を改変することは、著作権上の問題があり、原文のままといたしました。差別や蔑称の助長を意図するものでないことをご理解ください。

・各作品のあらすじ・解釈・表現は、あくまで著者の主観によるものであることをお断りします。

棟田 博の作品世界／目次

表紙…茅ヶ崎の海岸にて、昭和40年頃　棟田良氏提供
扉…茅ヶ崎時代の棟田博と小夜子夫人　棟田良氏提供

生い立ち

棟田博は明治41年（1908）11月5日、岡山県英田郡倉敷町倉敷（現・美作市林野）119番地に父・伊藤諸助、母・志け（後妻）の二男として生まれる。母違いの兄が1人いた。姉一人（志華子）と弟3人（三郎・史郎・直人）がいて、姉以下は両親は同じである。父は建設林野小学校へ四年までいっている。父は建設請負のような仕事をしており、かなり羽振りが良かった。のちに一旗揚げると、神戸の方へ行き、仕事をしていたがその後倒産した。

伊藤博は10歳の頃、親同士の話し合いによって、大正7年（1918）11月、母の実家（津山市西新町）高瀬舟の元舟宿「若狭屋」の棟田

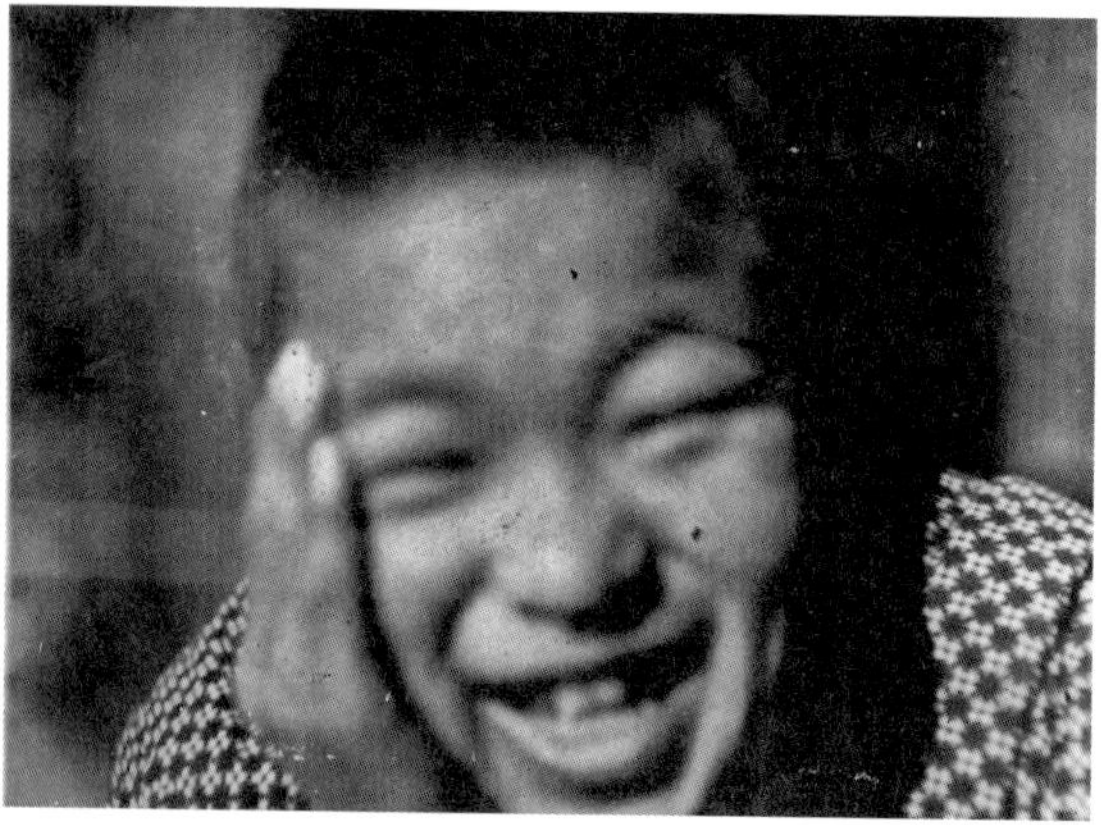

博 少年時代（棟田 良氏提供）

よねの養子となり、入籍して棟田博と名乗る。ほとんどの自著のあとがきには「津山市生まれ」と記しているが、その後、自身が取り消している。

「若狭屋」は代々旅館料理屋で、屋号は越前の若狭に由来する。北前船が日本海から瀬戸内海を経て、大阪港と北海道をつないでいた。その寄港地の一つが若狭で今の福井県小浜である。棟田家の先祖はこの若狭から来たという。のちに博も若狭を訪ねている。

津山と備前西大寺の舟運が往来するようになったのは江戸時代以降であった。この若狭屋は繁盛していた。その証拠に元治元年（1864）、続いて翌、慶応元年の第一次、二次の長州征伐で、町民から募った寄付に、西新町若狭屋久蔵として、50両を差し出し、「年寄別格」という資格をもらっている。この家の蔵の方は近年まで残っていた。棟田は少年時代、ここの蔵で勉強した。ある時、母の言いつけで掛取りに行かされた。するとそこの主人が首をつって死んでいた。行き詰まって自殺したわけで、棟田はびっくり仰天したという。

青少年の棟田は、小説に読みふけり、津山の若者たちの集まりに入り、「橄欖《かんらん》」という短歌雑誌の常連だった時代もある。また短歌同人誌「防風林」が友人たちの間で発刊され、そのメンバーの中に棟田の名前も出ていて、棟田はそれがうれしかったという。だが、本命は小説であった。生涯ただ一人の師となる長谷川伸との出会いもまた奇妙なものであった。

棟田は、市内二宮の伯父の家の商店の手伝いをしながら文学修行を続けた。たまたま家が代々の町年寄格で、家に伝わる古記録の内、与力の手控え帳のようなものがあった。それを当代一流の時代小説家・長谷川伸に送って5円の借金を申し込んだ。その後長谷川から10円が送金されてきた。別に棟田はお金に困っていた訳ではなかったが、師との縁をもちたいための方策であった。その土地・気候が作家を育てるという。厳しいと言いながらも作北の気候は全国

津山市材木町宮川大橋より旧棟田家の近辺（著者撮影）

的に見れば温暖で経済的にも極貧とは言えない。まあ、平和な国であった。棟田は、神戸市内の学校を卒業し、早稲田大学に入学したが中退する。

軍隊時代

昭和3年（1928）兵隊検査で甲種合格。翌年正月に岡山の十連隊に入隊する。その間、足腰を鍛えるために、毎日津山城（津山のシンボル的な存在であったが、明治6年に廃城となり、今は鶴山公園として石垣だけ残っている）の天守閣跡まで駆け足をした。昭和12年（1937）「日中戦争」勃発。棟田はこの年7月、29歳で召集令状が来た。12月赤柴部隊の歩兵上等兵として済南へ行く。長谷川伸に挨拶状を送ったら、その大作家から小包が届いた。中には寄せ書きのびっしり書かれた「日の丸」の旗が入っていた。招集から入隊まで間がなく津山と東京は離れすぎている。長谷川家では夫人や娘さん、一門を動員して旗の署名集めに奔走した。中央に「祈武運長久棟田君」を取り巻いて、新国劇の島田省吾、辰巳柳太郎など70余人の有名人の名が書かれていた。誰も会ったことのない人たちである。その旗を手にした時、初めて棟田は、人情作家・長谷川の恩情に泣いたという。出征1年後の戦いで棟田は重傷を受ける。

長谷川伸から「君の『麦と兵隊』（火野葦平が書いた徐州作戦）を書いたらいい」と言われた。この時棟田は『麦と兵隊』を一読して、執筆の意欲が俄然わきおこってきた。この作品は傑作ではあるが、しかし違うと思った。実際に銃を執って戦った兵士の文章でなく、戦争を外側から見た従軍作家の文章にすぎない。分隊10数名と共に、日夜、敵弾のもとをくぐって、いわば戦争を内側から見てきた自分の体験は、これとは違う。この体験を書けということだ。棟田は癒えて作家生活に入る。以来、長谷川門下「新鷹会」の重鎮として活躍する。

岡山の部隊へ入隊してから図書館に通い短歌を勉強したが、図書館によく出入りするのはおかしい、と憲兵に眼を付けられ中止した。文化教育を身に着けると左傾化する、と思われた時代である。昭和4年頃「赤狩り」として共産党の大検挙が行われた。その時、棟田は上京していた。

伯父の家の商店経営の見習いをしていたが身につかなくて、黙って上京したようだ。

上京しても文学青年に幸福の風は吹かなかった。うだつが上がらない4年間のうちに昭和12年（1937）7月17日に召集令状が来た。それは津山から転送されたもので慌てて帰郷、入隊となった。

昭和12年8月応召。神戸から船で3日後、新しい大陸の生活が始まった。12月赤柴部隊の歩兵上等兵として大陸の済南に入城し、翌13年3月、徐州作戦の前哨戦に参加、台児荘の戦闘で負傷する。この戦闘は多くの死者を出したが、棟田は「夜間突撃中、手榴弾を浴び負傷、後送され野戦、陸軍病院を転々としたあと退院、召集解除になって故郷の生家へ帰ったのは夏であった。」（棟田博兵隊小説文庫第一巻しおり第四号（光人社））台児荘の敗戦は昭和13年4月7日のことだった。

棟田の初期の作品はフィクションが少なく自分が体験したことや見たり聞いたり調べたりしたことをあるがままに書いている。

棟田の作品にはいろいろな傾向のものがある。大きく分けて4種類。

一、自分の体験を扱った実話に近い、『分隊長の手記』『拝啓天皇陛下様』など

二、作州を題材にした、『ハンザキ大明神』『美作ノ国吉井川』など

三、聞き書き調べた、『桜とアザミ―板東俘虜収容所―』『宮本武蔵―その実像と虚像―』など

四、本格的な歴史小説、『そして、お犬小屋が残った』など

作品からみる棟田 博

『分隊長の手記』
『中華理髪店』
『続・分隊長の手記』
『木口小平』
『サイパンから来た列車』
『拝啓天皇陛下様』
『ハンザキ大明神』
『美作ノ国吉井川』
『桜とアザミ—板東俘虜収容所』
『そして、お犬小屋が残った』

『分隊長の手記』

長谷川伸から「君の〝麦と兵隊〟を書きたまえ」と言われた時、翌14年、自分の体験を「分隊長の手記」として、長谷川伸を中心とする雑誌（大衆文芸）に連載して好評を博し、棟田博はこの一作で華々しく文壇にデビューする。そして、連載中に単行本として昭和14年11月25日、新小説社より刊行される。

心理小説ではないこの作品においてはむろん分析的観察がおこなわれているわけではない。作者はただ兵隊の生態につき、そのあるがままの姿を、実に読みやすい文章で、まるごと写しとっているにすぎない。とはいえ、この〈あるがままに写しとる〉ことの、いかに困難な作業であったことか。

日本の近代文学史上、兵隊のすがたをこれほど〈あるがまま〉に写しえた作品は、『分隊長の手記』以前には、かつてなかった。（真鍋元之・解説）

戦争文学と言えば、大岡昇平の『野火』『レイテ戦記』などを思い浮かべるが、これらは戦争について非常に深く考えさせられるもので、一つの芸術作品と言っても過言ではない。

『分隊長の手記』は、発刊後2ヵ月余りで30版を記録。前年発刊された『麦と兵隊』に次ぐベストセラーとなった。昭和15年、辰巳柳太郎・島田省吾の新国劇が舞台で取り上げる。棟田役は辰巳柳太郎だったという。

降るかとみればやみ、やむかと思えば降り、昨夜は危ぶまれたが、今朝は、雲も見せぬ快晴である。このころの晴れた空の、深《しん》―と抜け透った深い色は、内地では見かけぬもので、空に「果て」がないというのが、よく納得できるような色である。

これは『分隊長の手記』「戦地へ急ぐ」の書き出し部分である。すでにそこは北支那、山東省の戦地である。晴れ渡った晩秋の中、進軍する兵隊は皆のんきに見える。しかし、「馬腰塢《ばようう》の戦闘」「決死隊出発」と進むにつれ、兵隊の実体験の過酷さ、つらい行軍、常に全体の状況は分からず命令のままに行動する。時に無我夢中で切り抜け、時に「戦争じゃもんな」と蛮行に及ぶ。日々、何が起こるか分からない、死と隣り合わせの非日常の日常、それが戦争であり、そのただ中にいる兵隊の実態を〈あるがままに写し〉とっているのだ。

戦う兵士の体臭が立ちこめているといっても、通常の戦記にありがちな、非情な残虐性に満ちているという意味では、けっしてない。ありようはその反対である。戦記であるからには、むろんこの作品にも人間が殺しあう状況、つまり戦闘の場面は描かれている。…「馬腰塢の戦闘」の章にしてもまた、「夜襲」の章にしてもここに描かれている事柄は、まごう方なき敵味方の殺し合いであり、とくに「夜襲」の章では、味方の一人が戦死をとげるのである。事柄それ自体としては、非情そのものの残酷物語と言わざるを得ないであろう。が、しかし、それにもかかわらずこれらの情景は、いささかも陰惨でない。頭上を飛び去る敵弾のもとで、分隊長の棟田氏が分隊員の坪井一等兵に、温飯はどうしたと訊ねかけると、坪井一等兵は、「白い歯を見せて笑い、ポコペン、ポコペンと頭を振」(「馬腰塢の戦闘」)るほどにも、これらの情景は日常的であり、ユーモラスでさえある。—

要するに、戦場の兵隊とは、すべてこのような苦悩と辛労とを、おのおのの胸底に奥深く秘蔵しながらしかもその行為は日常的であり、多分にユーモラスなのである。

このように、棟田博兵隊小説文庫第一巻（光人社）の巻末に大衆文学・文芸評論家の真鍋元之氏の詳しい解説が自己の実体験の共感を込めて書かれている。

続いて「奉天曽我」（講談倶楽部）5月号、「続・分隊長の手記」を大衆文芸10月号〜15年6月号に発表。7月には単行本刊行。12月「背嚢」（「悲報前後」「裸の兵隊」「春の塹壕」「梅六成」などを所収）を新小説社より刊行。この年「赤柴部隊英霊斯く散りぬ」を東洋堂より刊行。翌16年「台児荘」「続々分隊長の手記」を大衆文芸新年号〜17年5月号に、16年「中華理髪店（原題・短髪器《バリカン》）」をオール読物4月号に、続いて単行本として新小説社より刊行。これもすぐに東京で新国劇が舞台化、上演されヒットした。

『中華理髪店』

津山市西新町の棟田家の斜め前に、王萬林という中国人が経営する理髪店があった。王はよく太って終始ニコニコしている。町の人たちも王萬とか、でぶチンとか呼んでかわいがり万事うまくいっていたが、戦争が始まって状況が変わった。

中国は敵国である。日華事変が始まって間なしに花水貫二郎（棟田役）に召集令状がきた。そこで彼は王萬林の店へ散髪に行く。久しぶりの客である。

「きょうは、すっぱり切ってしもうてくれや。丸坊主じゃ」

「兵隊にゆく。あさって出発じゃ」

王萬林は驚いて

「わしが、わしが、貫ジロさん。わしがサンパツしてもええのかしら、貫ジロさん」

「ええもくそもあるもんかい。やってくれや。当分、もうお前にもしてもらへんで」

「ヘェ。ヘェ。おおきに、おおきに、貫ジロさん。おおきに」

声をふるわして、でぶチンが鼻をすすりあげだした。

事変はさらに拡大し、貫二郎を皮切りに町からも次々に若者が出征した。王萬夫妻は益々肩身が狭くなり、理髪店には客も来なくなった。

ある晩、店の窓ガラスが割られた途端に王萬は悲鳴をあげて店を閉め、とうとう夫婦共々空き水車小屋へ避難してしまう。

王萬は、貫二郎が出した軍事郵便の入隊通知葉書を金縁の小さな額に入れ、壁に掛けてありがたがっていた。

貫二郎出征後、王萬を気にかけてくれるのは鶴の湯の大将だけである。大将は新聞を三紙も取り、時勢に精通し、温和だが何事にも一過言ある男である。それに筆まめでもある。町出身の出征兵に毎日、慰問の手紙を出し、貫二郎には萬林の近況報告を忘れない。

貫二郎の所属する赤柴部隊は、黄河を渡河して済南、徐州と転戦。萬林夫妻には娘が生まれ大喜びである。

じりじりと毎日暑い。油蝉が軒並みの屋根や庭で鳴き抜いている。

そのままで、秋にはいった。

漢口攻略戦のはじまるちょっと前、突然のように、花水貫二郎が帰還してきたのである。この町の最初の帰還兵であった。いまは伍長である。

「変わっとらん」と、まず鶴の湯の大将がさけんだ。

鶴の湯の大将は、「これはわしの兵隊なんだぞ」とばかりに有頂天になって、貫二郎の肩に手をまわし、道ゆく人々をヘイゲイする。

貫二郎は秋雨の日、ぶらりと「いっちょう、頼むで」と王萬の店に入る。一年ぶりの客である。

「おお、そういやァ、小孩《ショウハイ》ができたそうじゃなア、萬林よ」

萬林は感極まって「おおきに。ヘエ、ヘエ、おおきに」と、何度も横なぐりにごしごし眼をぬぐいながらバリカンをうごかしている。

壁には金縁の小さな額、軍事郵便の赤い印が見える。貫二郎は、あれからちょうど1年、帰ってきているのだと感慨にふけりながら、戦場の春・夏・秋・冬が胸に去来する中、眠りに落ちてしまった。

このあたり、豊かな人情味の創作作家棟田博らしいところである。

『続・分隊長の手記』

山東だより

このまえは、たしか、
——厳々《がんがん》たる泰山《たいざん》のふもとより——
という、まことに、小気味のよい美しい書き出しでお便りをした。

で始まるこの作品は、処女作「分隊長の手記」の出版から約半年のことである。

『分隊長の手記』は、河北省をへて山東省へ入り、黄河を渡河して、済南に入城し、そして、済南出発までを物がたっているが、この『続・分隊長の手記』は、済南をあとに、訪れる春とともに、南へ南へと進撃をつづけ、麦の徐州に会戦の機ようやく熟して、台児荘地区に前哨戦が開かれようとするまでの、私と私の分隊の行動を

書いた。」（棟田博兵隊小説文庫第二巻しおり第6号（光人社））

前作同様すぐに新小説社から単行本も刊行され、一躍売れっ子作家となった。『魂伝令す』（キング、昭和16年9月号）、『馬来上陸』（東光堂、昭和17年）、『戦地だより』（国民学校聖戦読本4中級、学芸社）、『台児荘』（新小説社刊）は、第二回野間文学奨励賞を受賞。「剃光頭《いがぐりあたま》」（日の出、四月号）、『木口小平』（講談倶楽部、七月号）『朋友』『鶏をめぐりて』初出不明。『或る帰還兵の思い出』『祖国の顔』（湯川弘文社）など。次々と書きながら雑誌に短編・随筆なども精力的に書いている。

『木口小平』

きぐちこへい　木口小平　1872・8・8〜1894・7・29（明治5〜27）陸軍歩兵二等兵。川上郡成羽村新山（現成羽町）に生まれ、小学校中退後、*小泉鉱山*で働く。現役で広島の歩兵第21連隊に入営、ラッパ手となる。日清戦争に際し混成旅団に属して朝鮮に渡り、最初の戦闘である成歓の役で心臓を撃ちぬかれて戦死した。1895年（明治28）突然、勇敢なるラッパ手として軍歌や詩にうたわれてきた兵卒は*白神源次郎*ではなくて木口であったと新聞が報じ、以来名声は高まった（後略）

（『岡山大百科事典 上巻』昭和55年 山陽新聞社、729頁）

昭和4年、棟田博が岡山の陸軍第八連隊の現役上等兵の頃、棟田の中隊に木口安夫という初年兵がいた。彼が木口小平の孫だとわかると、たちまち中隊中に噂がたった。すぐに、当時中隊のラッパ手だった大熊一等卒が駆けつけると、安夫は色白な優男で、とてもあの伝説の木口小平の孫とは思えない。それでも愉快で豪傑な大熊は「ラッパ手になれ。どうしてラッパを志望せん。ラッパになれ。わかったな」と、あくまでも強要する。「自分はラッパが吹けませんのです。すみませんです」と後退りしながら泣き出しそうな木口に、棟田は「木口は駄目なんだ。歯が悪いんだ」とかばう。

10年後、昭和13年の正月4日、再び棟田は、木口安夫に会う。

見違えるばかりに、たくましい上等兵になっていて、無精ひげをはやした顔は真っ黒だった。

10年前のことを思い出し、手帳から木口小平の写真を見せた。

「血はむろんつながっていますが、お祖父さんという間柄ではないのです」

「しかし、どこか君と似ているねえ」

「よくそういわれます。」と声を立てて笑ったが、急に厳粛な口調になって、

「顔だけ似ているんではしょうがない。――しかし、とにかく、私も頑張ります」

きっぱりと、そう言った。

写真の横に、なにかしら細かい文字が書いてある。かたかなのたどたどしい文字である。

チュウギ
キグチコヘイ　ハ　テキノ　タマニ　アタリマシタガ
シンデモラッパヲ　クチカラハナシマセンデシタ。

小学生のころ、かつて、修身の本でならったことばである。

わたしはふと胸をつかれる思いがした。

かつて、忠勇無双の兵隊を生んだ一族の、血につながる男児のひとりとしての木口上等兵の、これはきっと、自分をむち打つ鞭なのであろう。

ローソクの番茶色の灯りを横から受けたかれの半顔に、きッと食いしばって結んだ唇があった。

これァりっぱなはたらきをやるな、と私は思った。

修身巻一の「チュウギ」でしか木口小平を知らなかった私には、かれの話は非常に興味が深かった。ことにも、小平が出征にさいして細君を離別して出ていったという話にはいたく心を動かされた。

「小平の生家も、まだそのままに残っておりますよ。どうです。帰還したら一度おいでになりませんか、いいところですよ」

別れぎわに、木口上等兵はそういったが、すぐに、苦笑して、

「やあ、どうも、お互いに、明日がわからぬからだでしたな。ははは」

棟田はその夜、いつも胸ポケットに入れている手帳に「チュウギ」の一節を記した。それっきり木口上等兵と会えないまま、台児荘の血戦に進移し、5月に負傷した。すさまじい夜襲戦。敵の豪の中で手榴弾に倒され、戦友の屍とともに半日余りを過ごした。胸の手帳を出し、唱えるように、祈るように、「チュウギ」の一節を心の中でくりかえしていた。

明治5年8月8日、山奥の小農に生まれた木口小平は、10歳の暮に近所の子供なみに小学校へ入学したが、中等科1年で退学。近くの鉱山で鉱夫見習になって家計を助けた。非常に勤勉な性質で、19歳で一人前の鉱夫にとりたてられた。この年、結婚。翌25年春には、もう小平は入営している。入営後、村に手紙を宛てた。とても中等科1年しか教育をうけていないとは思えない実に立派な手紙である。

初年兵1期の終わり、ラッパ手の卒業試験で48名中第1位の成績で、彼はみごと連隊のラッパ手となった。やがて、出動が決まった時、小平は兵営より妻に離別状を送っている。子供はなかった。戦地から家郷へ走り書きした小平の最後となる手紙の後、劣悪な行軍の末、敵夜襲に遭い、そして、壮烈な伝説的最後をとげるまでが詳細に綴られている。

棟田の書いた作品が、いかに事実であり、細かい風景描写までありのままを書いているかを証明する例を挙げてみよう。

木口小平は岡山県の産である。私も、そうだが、私の郷里は北部であり、小平の生まれた川上郡成羽《なりわ》の新山《にいやま》（現・高梁《たかはし》市成羽町）は南部にある。

岡山から山陰の米子へぬける伯備線の備中高梁駅から、高梁川の流れに沿うてくだり、尼子十勇士の山中鹿之助の墓地のところから、支流成羽川をさかのぼること、三里〈約十二キロメートル〉。

眉にせまる海抜四百尺〈約百二十一・二メートル〉の峻嶮新山を八町〈約八百七十二メートル〉ばかり登ってゆくと、中腹のやや平らなところに、別世界のような二十数戸の新山部落がある。

まさに豆腐屋へ一里の山村だ。

山中鹿之助の墓と新山周辺・高梁市落合町阿部（著者撮影）

棟田は、はっきり思い出せない時はわざわざもう一度その場所へ行ったという。40年ほど前、実際にこの場所へ行ってみると、まさにこのとおりであったが、近年再び行ってみると、新山に上がる手前の道路に新しい店ができていたりして、随分変わっていた。

現役除隊後、幾年かして棟田が所用で鳥取県の倉吉を訪れた時、小さい食堂を経営する木口安夫と会う。木口が山陰のこんな町にながれて、30いくつくらいな女将さんが、なりふり構わず働いていているような店だった。その後も、棟田は木口夫妻と折々尋ね合い、20数年にも及ぶのである。棟田によると、戦友というのは死線をさまよった特有の情が通うものらしい。


棟田さんは誰にも親切な人で、親しみやすいおじさんという気持ちを相手に抱かせる。そこが誰にもまねられない特徴だろう。怒った顔を人に見せたことがなく、いつも明るい。適当にお人好しで、適当に助平で、適当に酒飲みでもある。愛しても淫せずという型の人のように思える。

（棟田博兵隊小説文庫第二巻（光人社）しおり第6号）

と、作家戸川幸雄がその人柄を書いている。

続いて、棟田の当時の心境を垣間見る一文がある。


この「続・分隊長の手記」を書きおえるころ、私は「主婦之友社」から、宜昌作戦へ従軍して、前戦のリポートを書いてほしいと依頼された。

私は二つ返事で引き受けた。

運が良ければ、どこかで、私の戦友たちに会えるかもしれない。

宜昌作戦にペンの従軍をする同行者は、大仏次郎、火野葦平、木村毅、竹田敏彦の四氏であった。

宜昌作戦地区が三国志の戦跡であったから、帰国後、五人で桃園会という集まりをもって、ときおり会っていたが、いまは竹田敏彦氏も、火野葦平氏も、大仏次郎氏も亡くなり、木村氏は目下、病床にある。

当時の写真をたまに取り出してながめ、感慨をふかめるのがいまは愉しくなく淋しくなった。(同)

棟田が東京に来てから文通したのは、津山の知人磯福孫平だけだった。誰にも内密にしておいてくれと念を押し、住所とその後のことを書いて送ると、長い手紙が来た。棟田がなんとなく書き散らした原稿や日記や蔵書などから、「赤」かぶれして東京に行ったと決めつけた叔父は、親族会議を招集して、博を准禁治産者にしたという。棟田はもっと故郷から離れたくなって、また旅がらすをきめた。1年間の放浪から満身創痍のさまで再び東京に舞い戻った。昭和初頭からのアカは一種の流感みたいなもので、大なり小なり罹患してない若者は皆無といっていいくらいだった。そのような中で、棟田は続いて戦記ものを書いていった。

昭和15年から陸軍報道班員となって再度中国に渡る。東南アジアからビルマ、悲劇のインパールまで及ぶ。棟田のその後の筆はいよいよ闊達で、当時の千島からソ満国境、外南洋からラバウルまで取材は広域で、当時の太平洋戦線の隅々まで渉る。

これから先、自分たちがどのようになるのか、誰にも分かっていない。わかっているのは、このサイパン島が米軍の掌中に握られたことだけだった。米軍は日本人に投降を呼びかけるがなかなか応じない。断崖から海へ飛び込んだ親子もいた。「皆さんの指揮官はとっくに戦死しています。無意味な戦いはやめて白旗をあげて出てきてください」

ソ連領カムチャッカの南端と千島列島の最北端の占守島《しむしゅ》も同様。日本が無条件降伏した日から3日目、8月18日ソ連軍はこの海峡をひとまたぎして、突如未明、リヤーコフ少将を司令官とするソ連軍が攻めてきた。終戦後のこの無意味な戦争は双方千人の戦死傷者を出して翌20日に終わった。

印緬《インメン》国境インパール戦では日本軍と英印軍の死傷者は、共に4万人という。ただ死者は日本2万5千人に対し、英印軍1万5千人だった。この時、報道班員だった棟田は撤退中マラリアに冒されて倒れ、人事不省のところを鳥取の工作員の最後尾のトラックに拾われて助かった。

この当時の兵隊たちの無念の気持ちを幻想として書いたのが次の作品『サイパンから来た列車』（40頁）である。

『サイパンから来た列車』

終戦10年後の8月15日、東京駅の14番ホーム、大阪発の最終列車23時30分着が入ってくる。乗客が全員降りると、入れ違い15番ホームに、23時55分発の普通列車静岡行きが入ってくる。やがてこれが出て行ってしまうと、列車のホームは急にひっそりとする。

この時計が、零時三十分を指そうとしたときである。ごおーっという轟音をたてて、十四番ホームに忽然と列車が一本はいってきた。

突然、ラッパの音が一声鳴り渡ると、どやどやと乗客が降りはじめた。汚れた軍隊服の兵隊が続々おりてくる。彼らは皇居へ参ったり、家族に逢ったりするが、これはみなひと時の幻想である。サイパンで戦死した兵隊たちがいかに帰りたかったか。棟田の一番伝えたかったことかも知れない。最後に兵隊たちはまた列車に乗っていずこともなく闇にのまれていく。

悲しい物語で胸を打つ。棟田の代表作の一つと言えよう。マスコミでも次々取り上げられ、舞台・映画・テレビドラマ化された。この本の解説者である伊藤桂一氏は「これは、戦後における戦記文学の中での、記念碑的作品の一つであろう」といっている。

この他に戦記物も書いている。ジュニア版『太平洋戦史』1・2(昭和39年・集英社)『壮烈ビルマ・インパール』(昭和47年8月・学習研究社)『兵隊日本史―日清・日露戦争編』(昭和49年12月　新人物往来社刊)『兵隊日本史―満州事変・支那事変編』(昭和50年6月・新人物往来社刊)など。

『拝啓天皇陛下様』

山田正助との初対面は、昭和四年一月十日であった。そして重要でもない年月日をはっきりおぼえているのは、その日が初年兵の入営日だったからである。

着衣は全部脱がなくてはならなかった。当時の入営兵の服装は青年学校服、着物、紋付き羽織り、背広などまちまちであったが、ひとりだけ袖口のすり切れたあつし（厚地の木綿筒袖服）、ひざのぬけたズボン、地下足袋の男がいた。そのあまりにみすぼらしい身なりはみんなの目を引いたが、裸体になったとき、そこにいるみんなが山田正助に注目した。さながら「筋骨隆々」、仁王がそこに立っているかのよう。将棋の駒の「角」をさかさまにした格好だ。軍服が支給されると、中隊長の面前で宣誓書に署名する。正助はためらう。字が書けないのである。

「山ダ、ショースケ」それは小学生のようなたどたどしい字であった。

正助は私生児だった。父親不詳、母は貧農の娘で、彼が3歳の時炭焼き稼業の人に嫁入りしたが、小屋が雪崩にあい、夫と共に圧死した。祖母は病没し、親戚をたらい回しにされた。小学校にも行かせてもらえず、牛馬のごとくこき使われる。そういう雑草のような正助にも18歳の春のめざめが訪れる。分教場に赴任してきた若い女性の先生が、彼の文盲をあわれんで、夜、暇な時に字を教えた。彼は先生のことを考えると胸が熱くなる。ある夕方先生の帰りを待ち受けて、けもののように抱き付いたのであった。先生は悲鳴をあげて逃げる。彼は駆け付けた村人に取り押さえられ、駐在所へ突き出された。その行為は婦女暴行未遂で、少年刑務所に送られた。

昭和5年当時の日本は最も冷え込んだ時期で、正助に言わせれば「娑婆はてんでろくなこたぁなかった」。兵隊に入ってからは、3度のご飯が食べられる。彼の口から軍隊生活の不平や愚痴を聞いたことがなかった。

棟田の郷里は、周囲の農村によって成り立っていた。家も逼塞《ひっそく》し、学業半ばでおじの家の下働きに引き取られ、借金の催促に通わされていた。彼がひそかに胸をときめかせた娘も、神戸の福原遊郭に身を沈めたという。そういう時代だった。

山田正助にとって、招集解除になれば再び浮き世に戻らねばならぬ。それは「ろくでもない」最悪の事態だ。中隊兵舎内で延灯許可室に指定されている部屋にひとり手紙を書いている山田正助がいた。『「東京市内天皇陛下様」だけで、手紙届くやろか。』棟田はびっくりして「何と言った」と便箋をのぞいた。「はいけい、天のうへいか様…」というたどたどしい文字が見えた。私は初めて事態を知りがく然とした。「おい、天皇陛下に手紙出すつもりか」「そうや」彼は何でもないようにうなづく。「バ、バカな　きさまいったい、何を直訴しょうといううんだ」

互いに便箋を取り合う内に破れた。「なにさらすんねん」正助の怒号で私は整頓だなの下の羽目板にぶつけられた。

正助と棟田の軍隊での〝腐れ縁〟というか、付き合いは長い。大別して新兵時代が2年、除隊して7年後の日中戦争の勃発時の再開が第二期、棟田が手投げ弾で重傷を受け、帰還後、作家として文筆生活に入るのが三期。四期は報道班員として中国から復員、家も焼失、行き場がなくて、昭和22年には栃木県宇都宮市郊外、秀峰男体山の元飛行場の工員寮に家族と住む時代だった。ここへ正助が訪ねて来たのだ。

栃木の生活も楽ではなかった。奥さんと二人で栗拾いから戻るときだった。妻が言った。

「あの人、もしや山田さんじゃなくって？」

リュックサックを背負った復員服の男が1人歩いて来た。てっきり戦死したと思い込んでいた男が次第に近づいてくる。

「山正よ」「ム、ムネさん」「よかった。よく生きて帰ってきた」と肩をたたいた。この場面は「拝啓天皇陛下様」の中で、もっとも感動的な場面の一つである。その晩は奥さんをカストリ密造長屋に走らせた。干しダラと田ブナを串刺しにしたのと、イナゴの醤油いりを肴に、杯をかわした。

しかし棟田は甘いばかりではなかった。この時正助は棟田家に2泊しただけだった。

その理由は、正助が近くの家から大きな真っ白い鶏を盗んできたからだった。むろん棟田夫妻を喜ばせるためだったが、棟田は怒った。

「…おれはりっぱな人間になれっこないが、せめて悪いことだけはしない人間になろう。おれはスキ腹に耐えている。ヤミ買いしないで飢え死にした人もいるんだぞ…」

正助は棟田の気持ちは分からず、棟田は涙ながらに正助に帰れとどなる。「あんた、泣いとるんか、なんでや」正助は棟田の顔を覗き込んでいう。正助はやがて去ってゆく。この棟田と正助のとんちんかんな会話が、この物語を面白くしている。

正助は叱られるとどこかに逃げているが、ほとぼりがさめるころ又やってくる。リュックサックに野菜を詰め込み、その上にニッコウアザミやミヤマユリ、シャクナゲなど日光の花を束にしてくる。こういう正助が未亡人で子供が2人ある女性に恋をした。相手の気持ちも確かめないうちから、一家4人で暮らすには今のままではやってゆけないから、華厳の滝で暮らそうと思う、という。そこは、身投げした死人を引き上げる仕事で稼げる。月給のほかに1個体引き上げると別に70円の手当がつく。すでに名刺まで作っていたが、当の未亡人は、棟田夫妻の後押しにもかかわらず、イエスと言わない。正助はまた日光から姿を消してしまう。

昭和23年は帝銀事件、浜松市街戦、昭和事件、東京裁判判決など、日本はまさに暗黒時代。正助の持ってきてくれる海抜高く咲く、花々は、当時の貧寒の家に高貴と清冽をもたらしてくれた。棟田家に長女が生まれた時も、小さい車輪を拾ってきて乳母車を作ってくれた。それからしばらくして、正助はひとりの女性を連れてきた。「井上セイ子さんという。けっこんしてもええと言うてくれている」という。ただし正助の良いところも悪いところもみんな聴きたいというので「ほんならムネさんや」と、やって来た。「これは正助にはすぎた女房だ」と思った。棟田は正助の欠点を一つ話すたびに長所を一つか二つ話すやりかたで、洗いざらいぶちまけた。すき焼きの肉は少量で堅かった。酒宴は盛大とはいえなかったが、内容は充実した会食だった。

3日おいてセイ子さんから丁重な礼状がきた。字も文章もしっかりしていて、いずれ式のまねごとを行いたいから、その時はご夫妻できていただきたいと。「よかったなあ」「ほんとうによかった」
妻は何を着て行けばいいかなどと話し合っていたが、その心配は不要になった。12月1日、郵便受けに朝刊を取りにいった。三面の記事に、山田正助の死が報じられていた。「芝の路上で酔漢がはねられ即死したと」。棟田は二度三度と読み返し思った。

拝啓天皇陛下様

…陛下よ。あなたの最終の赤子がひとり、昨夜、戦死をいたしました、と。

『ハンザキ大明神』

ハンザキとは、山椒魚（サンショウウオ）のことで、半分に引き裂いても生きているところから、この名がついたという。真庭市に昔から「ハンザキ大明神」という民話がある。

「ハンザキ大明神」という祠のある付近（向湯原、豊栄）一体、竜頭の淵という深淵があった。この淵に大きなハンザキがいて、近くに人が行くと尾で叩き込んで、ひと飲みにするというのでみな恐れて近づかなかった。文禄の初め、村人たちが家普請をしている時、向いの道から、六十六部《ろくじゅうろくぶ》（六十六部の法華経を納めて回る行脚僧）が大声で、「今この下の淵に大ハンザキが出ておるが、お前等の中にあれを捕って見せる者は一人もないか」と嘲笑した。普請場に浪人者の子・三井彦四郎という青年がいた。彼はすぐさま、腰に縄を結び、短刀を携え淵に飛び込んだ。ハンザキに飲まれた彦四郎はハンザキの腹を断ち割って出てきた。村人がこれを引き揚げて見ると、驚くべし、体長3丈6尺（10メートル余）周囲1丈8尺（5メートル余）の大ハンザキであった。

その後毎夜、彦四郎の家の戸を叩いて号泣するものがあるが、出てみても何もいない。村人は恐れて日暮れになると戸を閉めて、外へは出なかった。

間もなく三井彦四郎の一家は絶え、ついには村人へも祟るようになったので、国司は大明神の境内に祠を建てて祀った。僅か1ページほどの短いものである。


（「真庭の民話」第三巻真庭市教育委員会発行より）


美作には、三つの温泉地がある。湯郷、奥津、湯原、これを美作三湯と呼ぶが、わけても湯原は、山峡深い鄙《ひな》びた温泉がある。砂湯と呼ばれ、こんこんと湧き出る湯を岩で囲んだ露天風呂で老若男女の混浴風景は、おおらかである。その砂湯から500メートルほど下流の深い淀みが竜頭ヶ淵である。この物語の主人公ゴロスケはもと湯原峡のハンザキ大明神のある竜頭ヶ淵に棲む種族の名門、波ゴロの一族であった。

ハンザキのゴロスケは水かきと胸びれを切りとって人間に生まれかわった。そして半

三井彦四郎の墓・真庭湯原町　（野上耕治氏撮影）

はんざき大明神の祠・真庭湯原町（野上耕治氏撮影）

崎五郎助と名乗り、家老屋敷の下男《げなん》となった。家老屋敷の石黒家は、主人とその娘萩との二人暮らしであった。その下男となった五郎助は門長屋の1部屋を与えられたが、ご家老のお台所は火の車なのに驚く。家屋敷は抵当に入り、筍生活は底をつきかけ、萩のお針の賃金と茶の出稽古の謝礼金でようやく生活している有様だった。

ちょうど農家は穫り入れの最中だったので、五郎助は、農家へ日雇い稼ぎにでた。神庭村の豪農の稲刈りだった。ここで同じ日雇い仲間の1人と出会う。彼にはハンザキの頃に1度と人間になった日に顔をあわせたことがあった。今は士族、友成喜三郎と名乗っている。五郎助は萩のことを密かに慕っているが、喜三郎も萩を妻にしたいと願っている。そこへもう1人、丹波屋という高利貸しの息子・利三郎が、石黒家の借金を盾に萩を嫁にしようとしているらしいことが分かった。

元ハンザキの五郎助は、90年ほど前の天明7年春、ときの殿様、義次公の御用金を積んだ馬が大曲り淵へさしかかったとき、何かに驚いて棒立ちになった。それで荷駄の綱が切れて、千両箱が淵へ転がり落ちた。その渕は非常に深い上、気の荒い大ハンザキが棲んでいたので、人間の手に合わず、そのままになっているという。五郎助はこのことを喜三郎に話す。それを聞くや、喜三郎は雪の降る中を裸になって川へ飛び込んだ。それから小1時間、友成は半死の状態で上がってきたが、息を引き取った。

五郎助は農閑期に入ると、「飛脚三度」（勝山から、久世、落合の町を経て津山城下町へ通う便利屋・通行夫）の仕事についた。

五郎助の生きがいは、萩に尽くすことだけだった。しかし萩はまだ五郎助には内緒にしていたが、年があけると丹波屋の借金を棒引きにするという条件で、息子・利三郎のもとへ嫁ぐことになっていた。このことを知った五郎助の悲しみはハンザキにはない感情で、人間になったことをひどく後悔するのだった。

五郎助の一つの苦手は、トンビだった。大雪の日に屋根に上がり、雪下ろしをしている時、トンビが急降下してきた。五郎助は驚いて、庭の積雪の中にドサリと墜落した。その時、首が20度以上も傾いて、何度直しても元にもどらない。

萩は津山城下紺屋町の丹波屋利三郎のもとへ嫁ぎ、父の典膳と五郎助は喧嘩をしながらも、2人で生きてゆく。

この作品の特徴は人の描写もさりながら、作州の風景・行事などの描写がうまい。たとえば、「…山深い作州路の冬はきびしく永い。…寒い寒いといっているうちに、しかし、旭川峡の磧でカワガラスがさえずりだすと、これが春のさきぶれで、山のなぞえに白々と辛夷の花が咲き、野面がほんのり青くなってくる。」など。

五郎助の飛脚三度も、楽になった。津山城下町へ毎日通っているが、3日に1度は紺屋町の丹波屋ののれんをくぐって「お嬢様、お父さまにはお変わりもありませぬ」と報告をする。萩はお菓子や2、3日分の新聞をことづける。萩の夫の丹波屋利三郎は当節流行の金鉱に熱を入れて、退っ引きならぬ事態になっている。それにもかかわらず、利三郎は芸者と遊びまわっていた。利三郎は父の典膳にも萩にも言わずに、紺屋町の家も勝山の家も売り飛ばしていたのであった。

院庄《いんのしょう》には萩の父の弟がいた。父とは永い間仲違いしていて、あまり付き合いはなかったが、こうなったらこの叔父を頼るしかなかった。光永大麓というこの叔父は佐久良神社の神主をしていた。萩はこの叔父に手紙を書いて、五郎助に持たせた。結局、萩親子と五郎助は院庄に移ることになった。ところが引っ越し準備をしている最中に、五郎助は警察に捕まった。理由は五郎助が飛脚三度の仕事で、津山の材木問屋大黒屋から預かっていた500円を遊び人の利三郎に取られてしまった。そのことで大黒屋から訴えられた。彼は500円の横領を認めながら、その使途について、頑として口を割らなかったからである。結局、懲役2年が決定した。間もなく、警察の留置場から柿色の極衣、腰縄つき、深編笠で、早朝の追廻し遊郭を通って監獄所へ送りこまれた（当時、津山大橋の北の東側に監獄所と遊郭が隣り合って建てられていた―著者注）。

作州の永い冬が去って、春が一枚一枚薄紙を剥ぐようにやってくる。当時の監獄は、面会はおろか、手紙も許されていなかった。娑婆の空気にあたる機会は、労役で所外へ出される時くらいだった。それも深編笠越しで、腰縄につながれたままだった。世の中では、文明開化が目覚ましかった。人力車という新しい文明の交通機関を、五郎助が初めて見たのもそういう時だった。実際、五郎助が投獄された2年間に、時勢は目まぐるしく変った。しかし五郎助がひたすら待ちわびていたのは、再び萩に会えることだった。

いよいよ五郎助も満期がきて、出所するその朝、萩の叔父・光永大麓が迎えに来てくれた。光永の話によると、萩は男の子を生んだ。それから父の典膳は亡くなったという。カラカラと鉄輪を響かせて人力車が向こうからやって来た。金時帳場《きんときちょうば》と紺の法被《はっぴ》の襟に染め抜いてある。白い腹掛け、紺の股引、草鞋ばきという小粋な恰好の刺青《いれずみ》政である。

政とは親しい仲で、五郎助は、そのうしろについて走った。間近に人力車を見るのは、初めてだった。しげしげと見惚れているのを見て、政は五郎助を車夫に誘った。五郎助の足は人並みはずれて達者だった。光永神主も「人力車はこれからの文明開化の花形だ」と、政に賛成した。五郎助もすぐにも、萩とその子を引き取って世話したかったので、引き受けた。

五郎助が光永神主の口利きで、車帳場入りをしたのは、刑務所をでた翌々日であった。その車帳場をとり仕切るごろつきのそり松はただのヤクザではなかった。山間の旧弊な城下町では、まだまだ駕籠が中心であった時代に、すばやく都会の流行に眼をつけて、新しい人力車を町へ導入した。五郎助が帳場入りをした時、車の数は帳場のシンボルである金時車をのぞいて7台であった。五郎助のハンザキゆずりの脚力は群を抜いていた。

明治26年6月29日、五郎助は初めて汽車にのって上京した。元ハンザキで、獄中仲間だった瀬兵エと共に上野駅で降りた。ここで五郎助が眼を見開いて見ていたのは、1台の人力車だった。車輪に鉄輪がはまっていなかった。鉄よりやわらかいゴム輪だったが、五郎助はゴム輪を知らなかった。カラカラという音もしない。雨にも雪にもびくともしないという。車夫に断って梶棒を持たせてもらう。五郎助は梶棒を握ると、急に金時帳場の豪華絢爛な車を思い出し、津山に急に帰りたくなった。

翌日、瀬兵エと汽車で大阪へ向かった五郎助は、状屋という通信を専門とする仕事に就く。その日その日の相場表を書状にしたためて、得意先に急送する。この状屋たちは堂島付近に住む遊民の群れで、足の達者なことが取り得で、その駿足で生活していた。

瀬兵エが五郎助を連れて行ったのはそうした状屋溜まりの1軒で、丹後屋といった。その日から、五郎助は丹後屋に住み込むことになった。この堂島一帯の仲買商の家の屋根には、必ず火の見台がある。場立ちとなると、この火の見台に旗振りが上がってくる。相場を刻々と旗信号でリレー式に遠方の取り引き先へ知らせるのだ。五郎助も、堂島に馴染んできた。丹後屋にすごい韋駄天の走り屋がいるという噂が広まった。五郎助はひたすら働いて、ゴム輪の人力車を買いたかった。そして津山へ帰って、萩と小太郎と3人の暮らしを望んでいた。

五郎助は「陰走り屋」になった。陰走りというのは、旧幕時代に盛んであったらしい。

堂島米穀取引所で決まったことを正規のルートより前に生駒山の頂上から、旗を振って知らせるのである。いろいろあったが、ようやく津山へ帰ることとなった。

五郎助は、紅無地塗の蹴込みの深い新式のゴム輪車で、西へ向けて走る。饅頭笠に紺の法被、紺めくの股引、新しい草鞋を素ばき、すべては瀬兵エのお膳立て。萩は38歳、小太郎は7歳である。津山の人々を思うと、懐郷の思いが胸にせまる。

姫路から竜野へ播州路を辿る。播磨新宮、三日月、佐用を経て、杉坂峠を越えると作州に入る。やがて津山城趾が見えてきた。五郎助が大阪にいた7年の間に故郷の交通界は変わって

杉坂峠の石標　(野上耕治氏撮影)

いた。津山に将来鉄道が伸びてくる場合の鉄道駅の予定地が天神橋ぎわらしい。その駅前に、車帳場新設計画があった。

人の方も、佐久良神社の神主・光永大麓が肺結核で亡くなっていた。その経緯はヤソの信者の一団が、境内でヤソの歌を合唱したのを神主がたしなめたのが始まりで、光永神主とヤソの牧師と公開討論をすることになった。会場は新地座という芝居小屋で大勢の人が集まった。冬の寒い日で討論の最中、光永神主は突如、高熱を出し、演壇で倒れた。それから半月と保もたなかったという。神社に新しい神主が来て、萩母子はお宮から出て行くことになった。その時萩を後添いに迎えたいという人があり、萩は子連れで再婚した。竜門礼次郎という、藩でも上士の家柄で人格者であった。この町最初の銀行設立に参画したほどの新知識でもあった。萩にも優しく、連れ子を実の子のように可愛がった。

ところが礼次郎は生糸の相場で散財し、病に倒れ2年寝たきりとなる。今では寺町通りで軒下に線香と花を並べるかたわら、萩のお針仕事で細々と暮らしている。五郎助は萩との7年ぶりの再会に胸つぶれる思いだった。それでも五郎助は「これからは及ばずながら自分がつくします」と涙ながらに訴えるのだった。

このあとまだまだ奇想天外な話が歴史的背景も折り込みながら年老いた萩の死後まで展開していく。主人公五郎助の萩に対する涙ぐましい忠誠心と思慕の念。そして萩のために悔しまぬ努力を重ねていく。その不変な純朴さが多くの人の心を動かし支えられ、助けられていく。それは喜劇でもあり悲劇でもある。何かノスタルジックな愛すべき半崎五朗助はハンザキゆえの不死身の宿命を背負い、忘れがたい貴重な存在として心に残る作品となっている。

『美作ノ国吉井川』

時代は幕末から明治初年のころである。

「作州で棒を振るな」旧幕時代、諸国の武芸者たちの間で、言い伝えられていたという。作州竹内流棒術の宗家が、代々美作の国久米に住でいたからである。それにくらべて、作州無念流という剣法はあまり知られていない。始祖は、黒姫山の豆切作左と伝えられている。捨て身の、簡潔きわまる殺陣である。村田弥兵衛が、最後の使い手であった。旧幕のころ、足軽5人組頭という低い身分だったが、腕は冴えていた。

明治8年、秋はじめの一夜。津山城下町を2里余（約8キロメートル）、高尾在の通称「久米屋敷」という、豪農の家に、2人組の凶賊が押し入った。新政府の土台はまだ不安定で、失業士族は巷にあふれていた。盗賊・流民・売春・賭博…と。分限者・富農など、落ちついて寝てはいられない。しかも、警察制度が確立されていないから、金持ちの家では、それぞれ剣客や、腕に覚えのある士族を用心棒に雇っていた。

「久米屋敷」にも2人のやとわれ士族がいて、「賊！」と聞くなり跳ね起き、賊と刃をあわせた。しかし賊はやとわれ士族をまるで無視して、きらりと刀身をひるがえした。異様な叫びと共に、やとわれ士族がのけぞった。気合もかけず、打ち合うでもない。無造作な凄いやり方であった。久米屋敷のことを、土地のひとは菊屋敷とよんだ。主の彦右衛門が無類の菊好きだったから。おりからこの夜、2人の男が泊まっていた。植木屋ともう1人が村田弥兵衛である。作州無念流の使い手というよりも、今の弥兵衛は菊作りとして知られていた。ときに弥兵衛55歳であった。

弥兵衛が一躍、突きをくれると、意外や、相手も弥兵衛と同じ作州無念流の構えに入った。双方、同時に、愕然としたが、覆面の賊は瞬間に庭へ飛びおりて逃げ出した。途端に、幼児の火のつくような泣き声がした。それは逃げ行く賊の背中から聞こえてきた。賊は2人のやとわれ士族を一刀で斬った。それを弥兵衛は見事に退治した。弥兵衛の家が鉄砲町の一本榎の下にあったので、弥兵衛のことを大榎の爺さまと呼んでいた。大榎は旧幕時代、足軽鉄砲組が住んでいた貧相な町だが、ご一新後は、さらに落ちぶれていた。

村田家は弥兵衛の妻すまと孫娘の里んが住んでいた。幕府瓦解の後は、旧い秩序は崩れても、新しい体制はまだできていなかった。特に武士階級は激しいショックを受けた。作州津山十万石松平家は、徳川の親藩だったので、明治維新政府の風当たりは強かった。

弥兵衛の一子新之助が、そうした歴史の大変革期にぶつかったのが、19歳という青春期だった。その上、娶ったばかりの新妻が里んを生んだあと、肥立ちが悪くて亡くなったことも、新之助の心を荒ませた。いつしか家を外に、侠客の仲間入りをしたり、ついには、商家の後家と通じ出奔した。

里んが三つになるかならぬころのことだった。「久米屋敷」に入った賊を弥兵衛が追うと、覆面をした賊の1人は弥兵衛の息子の新之助であった。背中に赤子を負ぶっていたが、弥兵衛とわかると、赤子を置いて逃げ失せた。弥兵衛はその赤子を連れ帰って捨吉と名付け育てることにした。里んの弟である。

明治4年の廃藩置県で、美作津山藩は北条県と変わった。明治政府の見解は、親藩的気風を一掃するための最良の方法は、まず城を取り壊すことであるとした。入札のことが公示されると、津山城下町は大騒ぎになった。これまで城下町の人々は、取り立ててお城を意識することはなかった。事新しくお城がクローズアップされて「お城あっての、津山城下町だった」と気が付いた。誰も天守閣だけは残したいと願ったが、そうはいかなかった。

城は入札にかけられることになった。落札者は、伏見町の大黒屋宗助だった。宗助は昔、長又佐介の家で下男をしていたこともあった。そんなこともあったりして、長又は大黒屋の片腕を斬り落として、その場から行方をくらましてしまった。

間もなくお城から朦朦《もうもう》たる土煙が舞い上がった。槌の音が虚空にひびき、物見櫓《やぐら》、糒《ほしいい》櫓、矢櫓、月見櫓…と、一つ一つ建物が消えていき、あとには石垣だけが空間にうかびあがった。九州の戦場から、18名の人々が帰還してきたのは、そんなある日のことだった。この中に、村田弥兵衛の姿がなかった。年のせいと水あたりで腹具合が悪かった。それで船便で帰ることになった。乗船許可を

津山城跡（野上耕治氏撮影）

得るには、報知新聞の戦地探偵人（従軍記者）の犬養毅が、同郷のよしみで、骨折ってくれたという。犬養は、世界の列強がアジアの植民地化を企んでいる時に、同胞が相食むの愚をなす場合ではない。日本人は過去のいきさつを一切捨てて、文明開化へ猛進すべきではないのか。そして犬養はぜひ陸蒸汽を見て帰るよう進めてくれた。

弥兵衛はこれらの話を里んたちに話すことにした。「わしは、このたび丁髷《ちょんまげ》を落とすことにした。自分は生涯丁髷は落とさぬつもりじゃったが、犬養かぶれで、神戸で陸蒸気を見たからだ」という。断髪した弥兵衛は髪を油紙に包んで、城のお天守址へ行った。里んが鍬で掘ると、固いものにあたった。それは千両箱だった。騒ぎはその翌日から始まった。

士族の困窮ぶりは尋常ではなかった。弥兵衛自身も下級士族であったから、みなの気持ちはよく分かったが、元は殿様のものだという。「丁髷は落としても、士魂までは落とさぬぞ！」と。

大黒屋宗助は城の土地が売りに出された時、買い取ったことから、自分の土地だといい、その土地から出てきたものは自分の物だという。みんなで分けようという者もある。

異国貿易の主産物は生糸と茶である。美作は養蚕は古い、これからの有望な産業は生糸だ。下級士族の古市新八はこの千両をその資本に回せば多くの人が救われ、一家離散・心中せずとも済むと。弥兵衛はどこまでも殿様のものだと主張して松平侯へ返納すべく、東京へ発つ。神戸からは蒸気船で横浜へ着く予定だった弥兵衛ら4人一行は、朝霧が晴れかかっているころ、みんなの見送りを受けて出立した。付き添いは片帆の孫七と留太と幸助だった。古市新八も後を付けた。道中、言い争いになり、弥兵衛は、孫七から渡されたピストルを古市に向けた。おどかすつもりが、右胸部を貫通し、死なせてしまった。そして、死体を峠地蔵の裏手に、穴を掘って埋めた。ここが佐用と作東の境「万の乢《たわ》」だったので、後でもめることになる。

出雲街道 万の乢標識（野上耕治氏撮影）

当時の津山は、戸数四千戸、うち千戸が士族であった。この城下町は、吉井川に沿うて細長く（俗に褌町という）、西は院庄、東のはずれは、加茂川にかかる兼田橋で、御城下がおわる。

津山の下級士族であった長又佐介が、神戸で巡査をしていた。長又は弥兵衛に、石黒清吾がこの町にいるという。石黒は元500石取りの上士の子息である。明治22年、東海道線全通と共にページというイギリス人が東京に転任してくる。矢来、東海道線全般の運輸事務を担当する。そのページに、石黒は特に目をかけられているという。石黒は何よりも英語が必要だと言い、またお雇い外人一辺倒からの自立化を主張した。「近い将来、外人に頼らず、日本人だけでやれる日が来る…」と。

しかし、弥兵衛には、熱心に語る石黒の話はほとんど分からなかった。ただ千両箱の話をどのようにきりだせばよいか…。弥兵衛はぴたりと両手をついた。「石黒どの！この通りでござる、なにとぞお願い申しあげます」と。石黒は驚いたが、千両箱を引き受けた。

石黒は洋服、靴をはき、小さい鞄を提げている。留吉が菰包を背負い、幸助が振り分け荷物を肩に、孫七はタラップを登って行った。

弥兵衛が宿に戻って、道中日記をひろげ、永い間、筆を動かしていた。そこへ長又佐介がやって来た。「村田さん、一刻も早くここを発たれたがよい。そうそうに支度をなさい。いまに、巡査が来る」と。長又は、弥兵衛の弁解をさえぎって、支度させた。駅へ連れてゆき、京都行きの切符を買って、弥兵衛を乗せた。この土地を離れたら、おそらく追跡は事実上打ち切りとなるであろう。お里んのことを思うと弥兵衛の顔は歪んだ。その時、汽車は発車した。「ご老人。再会の日を、待っておりますぞ」。

神戸警察署から、津山警察署宛「万の峠士族殺し」容疑者村田弥兵衛の身元照会方の通報が入った時、署内は大きなショックをうけた。かつて弥兵衛は警察署の撃剣師範であり、署員のほとんどはその教えを受けていた。船頭町の兵庫屋へ知らせに行ったのは巡査の吉村であった。兵庫屋の庄右衛門は孫七の便りを待っていた。

千両箱を引き受けた石黒清吾は、鍜治橋の旧藩邸へ届けた。石黒は旧藩主に目通りを許され、一部始終を言上した。あとで側用人から、千両金のうち幾ばくかを、旧藩士一同へ分け与えてくださる筈とのお沙汰があった（後日、旧藩士に洩れなく金２００円宛下された）。

石黒は東京で役目を果たすと、その足で新橋駅から汽車にのった。孫七たちが東京をたったのは、その数日後である。孫七は人力車を買うことにきめた。当時、東都銀座商会製のその車は、東京人の間でも評判になっていたほどだから、まだ人力車をしらぬ津山人は、本当に腰をぬかすほど驚くだろう。車体の胴いっぱいに、忍術の巻物をくわえ、印《いん》を結んでいる（術をかけようと念ずる）自雷也《じらいや》の立ち姿が、鮮やかだったのは、神戸で船待ちをしている間に、人力車の繁昌ぶりを眼の当りにしてからであった。

自来也車をこめて四台注文した。これで名前を「自来也帳場」と付けるという。「今に10台、20台でも足らんようになる」と孫七は言った。（当時の人力車の増え方は、現代の自動車の激増ぶりに似ている）

船が神戸に着くと、孫七と留太と幸助は兵庫の大通りへ急いだ。淡路屋へ着いて、3人が旅装を解いていると、2名の巡査が「御用！」と入ってきた。そしてそのまま、神戸警察署へ引っ立てられた。

さて津山では、鶴山城址の千本桜のつぼみがふくらみ始めていた。庄右衛門（里んの母すまの父）は、孫七から何の便りもないのが、心配を通りこして、腹立たしくなっていた。もとはといえば、弥兵衛が切り落とした丁髷をお天守址などに埋葬しようとしたためである。さもなければ千両箱とは無縁であったはずだ。しかし津山も少しずつかわりつつあった。浮田卯佐吉が生糸の貿易を始めるという。かご辰は人力帳場をひらくという。片帆の孫七も津山へ戻ってきた。留太と幸助を従えて、船頭町の兵庫屋のしきいを跨いだ。

庄右衛門は弥兵衛のことをこれ以上里んたちに隠しておくわけにはゆかない。思い切って話すと、里んはすでに知っていた。「おじいちゃんは悪うないンよ。きっとどこかで生きていなさる」という。捨吉は歯を食いしばっているが、眼にはいっぱいの涙だった。すまと里んと捨吉は庄右衛門が家に引き取った。

里んと捨吉は小学校へ上がった。捨吉は1年生、里んは4年生であった。

片帆の孫七は「自来也帳場」を開いた。それより10日前に「かご辰帳場」が誕生していたので、城下町の交通界の革命は、2軒の車帳場の誕生から始まる。

自雷也車の披露をかねた町回りに、晴れ着姿の里んが乗った。町は黒山のひとだかりだった。蒔絵の車、車上の里んの美しさに眼をみはった。

愛染寺の山門にかかるや、お里んは華やかな裳裾《もすそ》をひるがえし、車からとびおりて、寺へ駆け込んだ。そこには長又佐介がきていた。「おじさんもお尋ね者だからな、こうして変装して、こっそり墓参りに帰ってきたのだ」。そこへ孫七がきて、自分の家に泊まっていくようにいう。

船頭町の兵庫屋の船着場を下りの飛船が出帆しようとしていた。孫七は旅姿だった。里んはその前の船で岡山へ家出していた。孫七は、里んが兵庫屋の岡山の店である新兵庫屋へ行っていると眼をつけて、行ってみると案の定そこに居た。

旧幕時代からの永い渡世を閉じるのに、2年とはかからなかった。町も近郷近在、交通機関は、すっかり変わってしまった。建物も洋館がたちはじめた。まず「津山銀行」が建った。同行は地元資本のみによる町で最初の銀行で、大商人・大地主・上級士族による株式会社だった。旧藩主の松平家も大株主だった。

銀行の次に登場したのは、京町御門の外濠の埋め立て地にたった製糸工場だった。この町の製糸の草分け、浮田卯佐吉が建てたもので、矢村精之は工場主任になっていた。椿高下の高台に、津山共立中学校ができ、田町に新地座という芝居小屋ができた。人力車が登場してから、急速に津山の町は変わった。人の身の上も変わった。

里んは、淑徳塾（裁縫伝習所の後身で、後の女学校のような私塾）に通っていた。裁縫のほか作法、手芸、習字、算術、和歌などを教えた。

作中、度々季節の風景描写が「四周を山に囲まれている津山盆地の夏は暑いが、海抜が高いから夜になるとめっきり気温が落ちて凌ぎやすい。」と記され、続いて「この城下町の夏の祭りの行事は、徳守神社の輪抜け祭で、毎年この祭を境に季節は秋と入れかわる。」と、折り込まれ効果を出している。

「自来也帳場」も「かご辰帳場」も時勢の需要に応えるために、同じように車の台数を増やしてきた。いきおい、他国者の車夫を雇い入れねば間に合わなかった。備前者、因州者、播州者、芸州者もいた。彼らはお国訛りと共に、それぞれの気風を持ち込んだ。自来也とかご辰はもともと商売敵であったが、他国者が入ったため、一層険悪になってきた。

そこで、兵庫屋の大旦那の口利きで、これまでのことは一切水に流して、両帳場で人力車の「駆け比べ競争大会」をやることになった。二つの帳場が源平に分かれて、駆け比べ競争をして人々に見物していただく。これは日頃ご愛顧を頂いている町の皆様方へのお礼のしるしという触れ込みがよかろうと夏の輪抜け祭りが終わって、気抜けしたような町に斬新奇抜な催しものが登場したのである。寄ると触ると町中の噂になった。

やがて番付が発表された。自来也帳場の横綱は小天狗、かご辰帳場は牛若と決まった。むろん大関、関脇、小結、前頭も発表された。小天狗と牛若、この一番はみなの興味の的となった。一升賭けると言うものもあらわれ、町中挙げての騒ぎである。そんな時、車に誰を乗せるかが問題になってきた。両帳場合わせて10人の選手が決まり、乗り手には芸者衆がほとんどだったが、かご辰の関脇、由松が自分の許婚者を乗せるのと、小天狗は里んを乗せるという。

出発点の筋違い橋の袂《たもと》には、大会本部の祭り幔幕が張られ、いくつかの棚がしつらえられ、豪勢な商品がかざってある。ゴールの高野神社参道口には、本部幔幕が一つ、途中3ヵ所には副審判の腰掛がしつらえてあった。花火が打ち上げられ、町の人々は、重箱を提げ、徳利や瓢を携えて、西松原へと繰り出した。しまけが、音を立てて、降り通った（しまけとは、この地方で秋のはじめの通り雨のことをいう）。「那岐山にあの雲がかぶさってくるときまって雨になるけんな」と人々が空を眺めて案じている時、審判員の氏名が発表された。審判長兵庫屋庄右衛門以下8名が勢揃いして、それぞれの持ち場へ出向いていった。

箪笥屋、呉服屋、米屋から景品の申し出があった。競技は始まったが、猛烈な接戦となった。大関の竜太と小虎の一番は、同時到着となった。そこで審判員らが相談した結果、本日は打ち切りということになった。大会終了まぎわに降り出した雨は主催者側とっては、幸いだった。雨は見物衆を家路へせきたててくれた。盆地とはいえ海抜高い山国のことで、秋は一雨ごとに深んでいった。

富次郎（庄右衛門の娘ツタの婿）が浮気をした。庄右衛門は婿の浮気くらいでどうこういうような人ではなかったが、浮気相手の若奴が流産をし、それを盾にヤクザがいたぶりにかかってきた。肝心の富次郎が小心者で、庄右衛門が怖くて、家に帰れない。庄右衛門は富次郎の実家のある福渡まで行ったが、富次郎はいなかった。彼は福渡《ふくわたり》に一晩泊って、置き手紙を残していなくなった。まさか出奔するとは意外千万だった。

ツタとは離縁することとなり、庄右衛門は里んに富次郎の跡を継がせることにしたこのスキャンダルにとって代わったのは、この町最初の牛鍋店の登場であった。師走の半ばに「進歩亭」というハイカラな名前の看板が上がり、おおきな幟り旗が立った。「御養生牛肉」の5文字。

この時期、東京、大阪あたりではもはや珍しくはなかったが、山間の旧弊なこの城下町では、珍奇で斬新、かつ、開化的だった。もっとも、この地方では旧幕時代から「養生食い」と言って、ひそかに食べる者があったから、よその土地の人よりは、多少、抵抗感が少なかったかもしれない。しかし、牛肉を食べた鍋、皿、箸、七輪にいたるまで不浄のものとして、一切、座敷へ上げず、縁の下に仕舞っておくのが慣わしだった。それに、もともと津山は牛どころとして知られ、旧幕時代は毎年、藩主から赤牛の塩漬を薬用として将軍家へ献上するのが恒例であった。

牛鍋店の登場は、古風な町にまた一つ都会的新風をもたらせた。しかも、亭主がまだ若く、30すぎ。倉持壮次郎は散切り中分けのハイカラ頭で、「進歩亭」と染め抜いた前垂れをかけている。色は浅黒く、眉が秀いで口が大きい。牛鍋屋のおやじにしては、人品がよかった。それも道理で、元次席家老の倉持主計の次男であった。

藩でも指折りの家柄で、世が世なら町人どもが同席できるお人でない。それがこともあろうに、牛肉を商うとは、倉持主計は烈火のごとく憤慨した。それに対して壮次郎は怯《ひる》まなかった。彼の妹タエは、淑徳塾の仲良しのお里んに「親族がみんな集まって談合したンよ。でも誰も壮兄さんに味方してくれなくてとうとう、勘当になってしもうたわ」と。それでも壮次郎は、どうあっても牛鍋店を開くといい、それが成功したら、次に西洋料理店をこしらえる。これからは異人の食べる栄養のあるものを食べて、異人のような心身にならねば、本当の文明開化は成らないという。

里んはまだこの時まで壮次郎に会ったことがなかった。倉持タエの話によれば、一家ことごとく敵にまわしてながら、初心を翻さず、やろうと決めたことはやり遂げる人らしい。里んのような性格の女には甚だ男性的で爽快感を覚える。タエは里んに開業したら食べに行こうと誘う。

里んは淑徳塾をやめる。彼女には行儀作法のやかましい塾より、荒くれ相手の仕事のほうがずっと面白い。

庄右衛門はひとり娘ツタに、富次郎のことをすべてをぶちまけてみた。ところがツタはショックを受けている様子はない。「仕方ないもン、出来てしもうたもんは」と。てんで取り乱さず泣きもわめきもしなかった。

里んはある日突然、男に変身した。男物の子持縞の筒袖に、小倉の角帯をしめ、兵庫屋の前垂れをかけ、片裾を端折っている。ぴっちりした白の股引きをはき、黒の雲斎足袋。頭は黒く豊かで長かった髪を散切りにして、鬢付油できれいに左分けにしている。ツタをはじめ、すまの慨嘆は並大抵ではなかった。さすがの庄右衛門も思わず唸った。しかし男装になった里んには、娘にはないところの、一種の美しさというか、妖しい魅力が感じられた。そして町中の噂になった。

里んはツタを誘って西大寺へ行った。里んは忠七と同行することになっていた。高瀬舟が寄泊する途中の船着場、久木・周匝《すさい》・和気《わけ》など各

高瀬舟・柵原鉱山資料館にて（野上耕治氏撮影）

地の取引筋へ里んを引き合わせる役目であった。作州の高瀬舟は、鎌倉、平安時代説もあるが、戦国時代後期、宇喜多秀家が備前・美作を治めていたころ、海陸を結ぶ唯一の交通運輸行機関であったことは確かである。

今日の下り積荷は、木炭が主で、他には酒粕・竹の皮・杓子が少々だったから、船足は早かった。途中の寄泊地で、忠七が取引先へ里んを伴って行き、挨拶したが、一様に驚きと好奇の眼で迎えられた。里んの若さと美しさと男装が、皆をびっくりさせたのだった。「あたしは男のつもりですけに、よろしゅうに」と里んは答えた。西大寺の町が次第に近づいてきた。前もって飛船便で知らせてあったので、船着場には政五郎夫婦が揃って出迎えていた。

里んの男装については、船頭たちの噂で聞いていたので、政五郎夫婦は知っていたが、見るのは初めてだったので驚いた。

一同が兵庫屋の店土間へ入ると、そこに石黒清吾がいたのである。官員風の洋服の紳士である。里んは石黒清吾のことをよく覚えていた。

「里んでございます。祖父がたいそうお世話さまになりましたそうで、ありがとうござります」と、淑徳塾で仕込まれた通りの挨拶をした。石黒は「ほ、ほう！」といった眼差しで男装の里んを見た。「そうでしたか、村田さんの…」そしてしきりに里んを眺めた。石黒は鉄道の仕事で来たという。この時期、全国的に爆発した私鉄ブームは、日本鉄道の営業の好成績が起爆剤になったという。石黒は今度、山陽鉄道の仕事をすることになった。その件で岡山、広島方面に出張を命じられたという。三井、三菱、それに大阪の藤田伝次郎といった大所が、集まって、山陽鉄道会社が設立された。今回の出張は、神戸から下関まで鉄道を引くことのためという。時代は急速に変化している。

船の方も次第に大型化していった。福渡まで来ると、吉井川では五十石積とよんでいる四十駄船よりも大きい。五十駄の上かもしれない。将来大笹の鉱石の積出しが、さらに増加して行くものなら、いち早く大型にした者が勝ちであろう。問題は船底にある。吉井川は浅瀬が多い。船賃のこともある。他の物は軒並み値上げをしている。旭川筋の船賃も値上げしている。

岡山から帰った日、里んは庄右衛門に言った。吉井川も船賃を値上げしてもいいではないかと。庄右衛門は、不景気風が吹いているからこの際は、むしろ損して得することになるだろうよと言って、値上げには反対した。しかし、五十駄積の大型荷船については、熱心に耳を傾けた。師走前に弥七が帰って来た。

弥七が見てきたところによると、やはり旭川は五十駄船だった。しかし船底が深いので、勝山、久世まではのぼりきれず、落合どまりだった。吉井川では四十駄船が、精いっぱいだろう。だが弥七は「尋常普通の船作りにしがみついておっては、埒はあくまい」という。里んは「そんなら船作りの名人といわれた弥七おっちゃんも、カブトを脱いで降参というわけね」といった。

はたして弥七は眼をむき、肩をゆすって怒った。「無理なことはたしかじゃ。おそらく誰もがサジを投げるじゃろ。それだけに工夫の仕甲斐があろうというもんじゃ」と。弥七は里んの仕掛けにのって、どうあっても五十駄積を作って見せると言い出した。数日後、弥七は本当に取りかかった。

3、4日前に壮次郎が経営する牛鍋店・進歩亭が開店した。いま町中で評判だった。

タエの話では壮次郎は里んのことをよく知っているという。里んはついでにツタも誘った。ツタは「お里んちゃんがいくなら、私も行くわ」と二つ返事で言った。もともと無邪気でのんきな性質だが、富次郎出奔このかた、独身になってからのツタは、あきれるほど娘々してきている。

あくる日の午後、タエが船頭町へやって来た。朝から風花の舞う北風冷たい日であった。「スキヤキというもんは、こんな寒い日に食べるものやて、壮兄さんが、そう言うてなさった」とタエが言った。3人は材木町から伏見町を抜けて大橋袂へ出ると、風花の舞うなかに「御養生牛肉」の幟り旗がひるがえっていた。「進歩亭」と染め抜いた暖簾の間から薄い煙が流れ出ていて、香ばしい匂いが漂ってきた。3人が中へ入ると、「やあ。いらっしゃい！」と壮次郎が言った。洋服を着て、髪は左分け。色の浅黒い、口の大きい長身の人だった。「あら、あなた様は、いつぞや、福渡へ行く船の中で…」壮次郎は「いや、よく来てくれましたね」といった。板台の上の七輪へ炭火がうつされ、大皿鉢に牛肉が運ばれてきた。牛の肉の赤い色が、どうも気味が悪い。女中が脂みをつまんで、「これを一番さきに入れるぞな」という。壮次郎がやってきて、「僕もご一緒させていただこう」と言って、箸で肉を入れ、砂糖をふりかけ、醤油をそそいだ。

正月5日、例年のように西大寺の政五郎が、ブエンの鰤《ぶり》を手土産に、船頭町へ年賀にきた。ブエンというのは「無塩」という意味で、山国の作州では塩のしてない鮮魚のことをいうのである。早速刺身にして食膳に乗った。「うまいな。ぶえんは」庄右衛門は、盃をあげながらいった。

鉄道の方も着々とすすみ山陽鉄道会社が、今度こしらえる岡山駅の場所が決まった。倉敷あたりでは鉄道の工事が始まっているらしい。すでに姫路から竜野までは鉄道が敷けているという。

奥座敷の炬燵の正面に庄右衛門、向かい合って政五郎、右左に里んと番頭の忠七がいた。庄右衛門は「ときに、五十駄積の荷船のことじゃが、里んが弥七つぁんの作業場を偵察したところ、正月早々には仕事に就ける手順になっとるそうなけん。春までには、一艘は川にうかべられるじゃろう」

「さぞかし、同業がびっくりするでしょうな。それで、大笹の鉱山へはその件は話し済みですか？」

「まだじゃ。いましばらくは、伏せておいた方がええという判断じゃ。いずれ仕事が進めば、隠し通せんようになる。鉱山へはその時期に話そうと思う」

「なるほど。その通りですな」それから、ひとしきり、大型荷船のことで話が賑わった。

庄右衛門は話が一区切りしたところで言った。

「里んが考えた案じゃが、本年は大笹鉱山を始め、主だった取引先を、西大寺の会陽（えよう）にご招待してはどうかということじゃ」

「ほう！」と政五郎は感心した。ええところに気が付いた。これからはますます同業者がふえるから、お得意の取りっこが始まるだろう。五十駄積も出来ることだし、本当にええ思いつきだと喜んだ。里んは、そうなると問題は宿屋だけど、招待客は30人くらいと見積もっているが…という。会陽ともなると近郊近在はもとより、近畿、山陰、四国、九州、山陽筋から陸続と繰り込んでくる見物人で西大寺の町ははち切れんばかりになる。旅館ばかりか、町家まで民宿化し、それに溢れた人々は、船着場の船の中に寝泊まりするほどである。この祭りの間、バクチも天下御免とあって、賭場、香具師（やし）、スリも紛れ込んでくる。政五郎は30人くらいなら何とかなる。その他のことは万事里んが自分にまかせてくれ、うまく運ぶからという。

庄右衛門は言った。「やっぱり里んは持ち物を間違えて生まれてきた。何事もあの子はやりすぎるおそれがある。わしが手綱を取っておる間はええがのオ…」と。

「会陽《えよう》」というのは、木製一尺ばかりの陽物（男根）を真木《しんぎ》（宝木）として投げる、その陽物に出会った者はその年、災厄を免れ、福運が授かると言って、その陽物に会いたいと願うことから、会陽という。

真木は、直径3寸、長さ6寸の八角棒で、西大寺本堂で、元旦から14日間、香を焚きしめ、天下泰平、五穀豊穣、商売繁盛の大祈禱を厳修したあと、1月14日（旧暦）深更、押し合いもみ合う大裸群の中へ投ぜられるのである。この1月14日の「本押し」に先立って11日、12日、13日と「地押し」というのがある。地押しに入るまでに、寺の建物はもとより、町の商家もすべて頑丈な丸太の木組でものものしく囲われる。裸群の殺到を防備するためである。

里んが忠七と相談してリストにあげたお得意先は24人だった。ほかに片帆の孫七と喜乃、真木を狙って「本押し」に出るという小天狗を加えて27人になった。あと3人の余裕がある。里んはひそかに倉持壮次郎を招待したいと思った。そこで、壮次郎の妹のタエに言った。タエは「そのことならよろこんで…と兄は言ってたわ」と、ツタからすでにお招きを受けたという。ツタに出し抜かれたのである。里んは悔しかったが、めそめそしている暇はなかった。

特別仕立の飛船は、途中、どこにも寄港しないから、暮れには西大寺へ着いた。新兵庫屋へ着いたころ、一番太鼓が鳴り出した。続いて、二番太鼓、三番太鼓が鳴り響く頃は深夜である。正12時。本堂の法灯が、一斉に消えた。ひときわ、ワッショイの声と、床を踏むドラムのリズムが高くなる。暗黒の中、一瞬リズムが乱れ、沈潜する。真木が投ぜられたのである。次の瞬間、真木の争奪が始まる。韋駄天の裸が駆け込んだのは、渡場町の新兵庫屋であった。

「真木じゃア!」「真木じゃあ!」と叫ぶなり、さすがの小天狗も、息が切れて、土間へぶっ倒れた。片手に握りしめているのは、真木だった。驚いたのは、政五郎の女房のトミと番頭だった。床の間に据えられた三方に米を山盛りにした一升枡を置き、そこへ真木を立てると、ほっとした。

「みんな、真木は納まったぞな!」

三方の枡に立つまでは、いつ何処で奪ってもよいが、「納った」ら誰も手を触れることのできない掟である。さっそく、番頭が大きな紙に「御福頂戴」と書いて、店先へ貼りだした。

「なんと、今年の福は、渡場町の新兵庫屋へ舞い込んだげな」

近所の人々が、お祝いに押しかけてくる。兵庫屋では、幔幕を張りめぐらし、提灯をあげ、奥座敷では紋服に着代えた政五郎の女房のトミが、床前に威儀を正し、小天狗に小ざっぱりしたものを着せて、横に坐らせた。噂は早くも、町中に流れていた。

ツタと里んが津山へ帰ってきたのは、数日の後であった。ツタは壮次郎に思いを寄せていた。ツタは里んにそのことを隠さなかった。父親の庄右衛門にも知れるところとなり、庄右衛門は何とか娘の思いを叶えてやりたいと思う。ところが里んも壮次郎に密かに恋していて、壮次郎も里んに思いを寄せているのだった。

壮次郎が明日朝8時に岡山へ立つと聞くと、里んはその前の6時に岡山へ行くと言い出した。壮次郎と車を連ねて津山を発って行くことも面映ゆい。そこで壮次郎より二時間早く出て、福渡で待つことにした。福渡の町へ入ると、船着場の横の茶店に入った。茶店の座敷の炬燵から旭川が見下ろせる。やがて小天狗の車が壮次郎を船着場へ運んで去った時、里んは茶店から出て、「壮次郎さま！」と呼んだ。それから、壮次郎に会って2人で下りの飛船に乗って岡山へ行った。岡山では村田家の定宿・山長へ泊った。2人の距離は次第に縮まっていくのだった。

倉持壮次郎は清国へ行くことになった。長又佐介の誘いであり、その目的が、日清戦争に臨んでの諜報活動など、庄右衛門と孫七に知る由がなかった。当時、上海では、岸田吟香が楽善堂という薬屋を開業していた。岸田吟香は久米郡旭町の生まれ。ヘボン博士調剤による眼薬「精錡水」を売り出したり、日本最初の従軍記者として、東京日日新聞から台湾征討にいったりしている。大陸と貿易関係を持つ商社は、すべて諜報機関に利用された。長又佐介の経営する三栄燐寸会社も、むろん、その一つであったろう。

「お里んちゃん、お里んちゃん」と呼ぶ忠七の声で、里んは我に返った。

天神磧《てんじんかわら》の作事場が火事だという。そこは、弥七が五十駄積の大型荷船を作っているところである。里んはモノもいわず、忠七を突き飛ばす勢いで表へ飛び出した。磧へ着くと、五十駄積の巨体はほとんど燃え尽きかけていた。里んは、この焼け具合では火付けだと思った。犯人は五十駄船の出現によって、不利益をこおむる者の仕業であろう。探偵はあの手この手と内偵したが、何の収穫もなく、迷宮入りとなった。

兵庫屋の損害は多大だったが、それよりも庄右衛門と里んを落胆させたのは、再建の目処がつかなくなったことである。里んは諦めてはいなかったが、船大工の弥七が全くやる気をなくしてしまったのである。弥七以外にやれる者はいなかった。

那岐連峰の雪がまだらになると、コブシの花が咲く。山国は、まだまだ朝晩は寒い。

石黒清吾が津山へ来たのは、そんなある日のことだった。進歩亭の喜乃からの伝言で、里んはその日を知った。「本日、岡山からみえる石黒先生を迎えて、夕刻より進歩亭で鉄道雄志会の

吉井川と那岐山（右奥の雪山）（著者撮影）

集まりがあるので、里んに伝えるように」とのこと。

里んはそれを聞くと、中学校へ使いを出して、捨吉を呼び戻した。石黒に捨吉が中学校を卒業したら、鉄道会社へ就職の世話を頼むつもりなのだ。

進歩亭の2階は、今日は鉄道有志会の貸切であった。間仕切りをはずすと、30人位は坐れる長方形の広間になる。喜乃が男衆や女中を指図して大童《おおわらわ》になっている時、里んがやってきて手伝った。里んはまた、手伝い方々、今夜の会合の内容がどんなものか、また有志の動向がどうなのか、それらを見聞しておこうという考えであった。喜乃からの伝言で里んは、進歩亭で石黒清吾が、鉄道有志会の集まりで話すことを知っていた。有志会の世話人が早くからやって来て、会場の設営に当たっていた。喜乃も新女将として、てきぱき働いていた。元群長さん、町の大店の旦那衆、製糸工場の経営者、大庄屋の旦那、元自由民権論者だった町の新知識といったメンバーがやって来た。

石黒の話が始まった。現在、官設鉄道は551マイル、私設鉄道は1165マイルだから約2倍である。石黒は日本国の地図を取り出した。そこには官私鉄の鉄道が記入されていた。この線はことごとく表日本を縦断的に貫通していた。横断の鉄道はわずかに官鉄の高崎―直江津、金ヶ崎―長浜の2線のみだった。

石黒は言った「地域の産業経済の発展は、交通機関の発展と密接な関係を有している。さらには政治、文化、軍事において大きな影響をもつものである。この点からして、表日本と、裏日本をつなぐ横断鉄道建設の声がわき起こったのは当然のことであります」「…わが中国を横断する陰陽連絡線が第一期線として採りあげられたことは、同慶にたえられない」と。

ただ陰陽連絡線と言っても、予定された比較線は、3線の案があった。
1、姫路を起点として鳥取へ横断して行き、日本海沿いを西進して米子から境港へ達する案
2、倉敷を起点に米子へ横断して境港という案
3、岡山からこの津山を経て倉吉へ向かい、米子、境港へ達する案
距離で言えば1、の姫路からは135・27マイル。2、の倉敷からは96・16マイル、岡山からのは102・20マイル。総工費の概算は、姫路線が約795万円、倉敷線が約836万円、岡山線が約681万円で、費用だけで言えば岡山線が一番安いが、後々の経営を考えれば、姫路線は沿道に大きい市町村が30もあるが、岡山線ではその半分の15し

ない。人口も姫路線は140万人に対して、岡山線は97万人と少ない。

政府としては1、か2、のどちらかに考えているらしい。しかし石黒は岡山線は、東にも西にも偏しない地勢にあることを主張した。石黒に続いて発起人のひとりで民権論者の立石という大庄屋が言った。

…われわれの鉄道有志会もこの際、名称を改めて、鉄道敷設促進会とし、請願運動を起こしたいと思うがどうか…と。拍手がわき一人が立ち上がって言った。「大賛成だが、山陽、山陰を結ぶ場合、この作州を経ずには真の連絡とはならんと思う…」と

石黒は「…ご一新のあと、津山は山間に置き忘れられて、このように衰運した。このままではさらに惨めになる。鉄道の開通だけが、唯一、それを救うことができる…」と。おしよせてくる文明開化の波の音が里んには聞こえた気がした。続けて、「日本国と清国と、戦争になるようなことがあるのでしょうか」と尋ねた。石黒は驚いて里んを見た。この時代、女の口からそういう国際問題を聞くこと自体、はなはだ稀有のことと言えた。

近年、いちじるしく大清帝国の勢力が朝鮮に増大しつつあることは、石黒も知っている。清国と朝鮮が「倭人《わじん》」のなりふり構わぬ欧化ぶりを、軽蔑と嘲りと嫌悪をもって眺

めていることは、事実である。しかし、石黒には、それがすぐ戦争へ結びつくなど考えられない。「お里んさんは、そんなことに興味があるのかね?」不思議そうに石黒は尋ねた。「い、いいえ、べつに…」と里んはあいまいに答えた。戦争に興味などあるはずがない。ただ、壮次郎のことが気がかりなだけである。

喜乃を先頭に女中たちが、すき焼き鍋を座敷に運んできた。すき焼きの香ばしい匂いが広間にこもった。津山の牛肉は江戸時代からすぐれていた。里んは、御銚子をもって、石黒の前へ坐った。

里んは、密かに壮次郎のことを思い、壮次郎も里んのことを思っていた。ツタはまだ何も知らない。壮次郎は清国へ渡っている筈だが、連絡はない。弟の捨吉は里んとは正反対のおとなしく、勉強もよくできる子だった。

船の先頭は稼いだ金はその日のうちに使って仕舞うという主義で、博打に明け暮れしている。田町の武家屋敷で無住になっている所が賭場になっている。梅吉という船頭がこの賭場に入りびたり、女房を泣かせているのを見ていられなくて、里んはこの賭場まで押しかけて行く。博打打ちの一人が匕首《あいくち》を抜いて脅かしたが、そんなことでひるむような里んではない。手刀で相手の手首を発止と打った。打たれた男はぽろりと匕首を落とした。もはや彼は気をのまれていた。若い娘の男装がこの際奇妙に薄気味悪く思えたらしい。梅吉も里んの婆娑羅《ばさら》（勝手に振るまうこと。またそのさま）は、かねて聞き及んでいたが、その腕前と度胸を目の当たりにして、すっかり気を呑まれてしまったのである。

里んが家に帰ると、政五郎が来ていた。前ぶれなしの出しぬけの来訪である。政五郎は「石黒様がお見えになったそうな。それで、進歩亭の寄合のようすは、どんなふうやな？」と聞いた。里んは、あらましを説明した。庄右衛門は「いまからあんまり取越苦労をせんでもええよ。高瀬舟には、２００年の歴史がある」という。しかし２００年の歴史が何になろう、と里んは思うのである。政五郎は、鉄道は間もなく岡山までやがて馬関まで開通するだろう。これまでは会社間で鎬を削っていたが、それをやめて、鉄道という強敵を前にして、一致協力して、競争しようではないか、といった。続いて里んは言った。

「うち、近いうちに船頭衆みんなに集まってもらおうと思うの。今までのような暮らし方ではいけんと思うんよ。講仲間を作らせて、みんなで月々積立をさせようと思うンよ」と。つまり、里んの構想は、協同組合の結成であった。庄右衛門は昔々からの船頭の暮らし方を知っている。彼らは一般の人とは違って宵越しの金はもたない、という生き方である。里んの考えは甘いとしか思えない。里んはともかくやってみるという。

その後、津山の鉄道建設促進会は、進歩亭を会場にして、しばしば談合していると。一方、自来也帳場の孫七の話では、このごろ、促進会の人たちから岡山まで16里（約64キロメートル）の通し人力車の用命がよくあるという。

岡山の御野《みの》から為五郎親方が、兵庫屋に人力車でやって来た。五十駄積の船を作ってもらうためである。

捨吉も中学校を卒業した。その旨を石黒清吾に手紙で知らせたがその返事が中々来ない。お城山の桜も五分咲きの頃、捨吉は津山を出てゆく。毎年、満開ごろには、兵庫屋も一家総出で花見に行く。町中のほとんどがそうである。徳守神社の秋の祭礼と春の花見は、昔から城下町の人々にとって二大レジャーであった。

自来也帳場と進歩亭は少し遅れて花見をした。両者とも、花見シーズンは書き入れ時で忙しい。自来也帳場が孫七以下13人、進歩亭が喜乃以下8人。合同の花見をするから参加してほしいと、里んは招かれた。総勢22人が、松の段に茣蓙をのべて、芸者を4、5

人よび、三味線、太鼓の大賑わいになった。

津山の鉄道建設促進会の方針が急に変化した。政府が比較三線のうち、どうやら東方（姫路―鳥取）の採択に傾きそうなことから、官線敷設を諦めて、私設へと方向転換するようだという。

その日は朝から川水が濁り始め、昼頃から雨になった。突然壮次郎から手紙が来た。やはり清国へ行っていたらしい。また清国へ渡るという。「一両日、岡山の山長旅館に是非来てほしい。また清国に渡るので、今生にての再会はむずかしくなる…」と

川の模様を見に土手に出ていた庄右衛門が戻ってきた。

「おじいちゃん、うち、明日、岡山へ行きたいけんど…」

「明日！えらいだしぬけだの。この雨はやみそうもないぞ。急用かな？」

「いえ。ただ、行きとうなったの。ええでしょ」

庄右衛門はいぶかしげな顔つきをしたが、頷いた。その夜。里んはまんじりともせず、終夜、雨の音を聞きながら、ひしと胸を抱きしめていた。朝。川面はさらにふくれ上がって、川水はにごってしまっている。ツタが呆れ顔で「なぜ今日岡山へ行かんならんの！」と

言った。里んは「うちの気まぐれんなんよ」といって、小天狗の車に乗った。里んは壮次郎に夕方会えることのみを胸にいだいていた。福渡に着いた。飛船は今、出たばかりで、次に出るのはあと3時間ほど後になるという。旭川も次第に水かさをまして流れを速めている。向いの茶店から出てきた男が船頭町の同業の番頭だという。「あんたも岡山?」と里んがきくと、そのつもりだったが、「吉井川がどえらい出水になったそうだから、いまのうちでなきゃ、戻れなくなる」というので、これからすぐ引き返すという。里んも迷った。坐ったり立ったり、どうしたらいいのかわからなかった。「ああ、壮次郎さま!」里んはきゅっと唇をかんで、目頭に湧き上がるものに耐えながら「おかみさん。車をよんでつかあさいな。津山にもどりますけん」かすれた声でそう言った。

里んはハナ曳き、あと押しの人力車を仕立ててもらった。梶棒にかけた綱をたすき掛けにして、車の前方を走っていくのがハナ曳きで、車体の後ろ胴に手をかけて押していくのがあと押しである。雨はざあとくるかと思えば、息をのむようにすうーとやみ、またざあとやってくる。

当時の「山陽新報」によると、今度の洪水は文政9年(1826)以来ざっと70年ぶりの水魔だという。「岡山県下三大川大氾濫す」というみだしであるが、旭川と吉井川が猛烈だったらしい。山岳丘阜の崩壊六百余ヵ所、暴水は天に怒り地に激してあらん限りの猛威をふるい、1市470町村が被害甚大を極め、溺死負傷者千名を超え、浸水家屋二万数千戸。流出船舶400有艘云々…とある。（この400余艘の中に、兵庫屋の荷船と飛船の17艘が含まれている）

里んはどうあっても津山へ帰らなければならないと思った。雨脚が激しく幌を叩きつけてくる。弓削を過ぎるころから、車のゆれようが激しくなってきた。里んは腕木をつかまえて動揺にたえていた。やがて誕生寺の町並みにかかった。車夫が車を止めて訊いている。「津山まで行けるかや？」と。「何でも、境橋がもう危のうて渡れんそうな」その橋が渡れなければ、津山へは入れない。

「お客さん、お聞きの通りや、どうなさる？」

「ともかく、行けるところまでまで行ってみておくンなさい」

再び走りだした。しかし境橋は影も形もなかった。ただすさまじい濁流がおどろしく流れているだけだった。車夫はしぶしぶ車を進めた。車がとまった。雨は小降りになっている。車夫は「誕生寺まで乗りなさらんか。あそこなら宿屋があるけん」とすすめたが、里んは断って水浸しの道を川縁へ歩いた。川の水はだんだんせり上がってきているようだ。これは危ない。船頭町の土手道へ水が上がってくるのは、時間の問題かもしれない。どんなにしても帰らねばならないと、里んは思いきめた。

少し川上の寺下というところに、元兵庫屋の船頭だった茂平という老人の家がある。そこまで歩いていった。病気を病んでいる茂平はびっくり仰天して言った。舟を貸してほしいと。

「トッケもねえ！」と茂平はいった。里んは「わかっとるわ。でも、どうしても帰らんならんのよ」と。いいだしたら訊かぬ里んの性格を、茂平はよく知っていたが、この濁流を小舟で乗り切れるわけがない。それは里んもよく知っている。

のるかそるか！里んは一発勝負を挑むつもりになっている。茂平はとうとう押し切られた。

里んは裸になると、晒を借りて六尺褌をしめこみ、腹からぐるぐる巻いた。頭には鉢巻である。裸の上に、着物をひっかけて土間へおりた。

茂平はなんとかやめさせようとしたが無駄だった。川べりに舟を置いて若い衆がまっていた。里んは乗り込むと若い衆が櫂をひと押しふた押し、竿で押し出した。濁流は小舟を思いのままに揺さぶりながら、流しはじめた。今はただ木の葉のように、流れにまかせているようだ。

警察署から船頭町一帯に避難命令がでたのは、ちょうどその頃であった。兵庫屋もてんやわんやの騒ぎになった。作事場は、もう水没していた。さっきまでは屋根だけ見えていたが、今は何も見えない。

半鐘がせき立てるように鳴りつづけて、一種、物々しい空気が城下町を押し包んでいた。追廻し土手が崩壊して、遊郭一帯、伏見町方面に濁水が流れ込み出したという。兵庫屋の一家が紺屋町へ避難して来るというので、進歩亭では受け入れに大騒ぎである。喜乃の指図で炊き出しの準備を進めていた。

そんな時「喜乃！喜乃！」と、めったにない逆上した孫七の声に、喜乃はあわてて表へ飛び出した。みると、小天狗が裸の里んを背負っている。喜乃は仰天して、声も出なかった。喜乃は人手も借りず蒲団をのべ、裸の里んに自分の寝間着を着せ、新しい腰巻をつけてやった。里んに砂糖湯をのませた、それからぐったりと横になった。喜乃は枕元をそっと立って、部屋を出た。

船頭町五軒衆の持船は、次から次へと流されていった。だが兵庫屋の新しい五十駄船は危うく助かったが、為五郎親方がこの舟に坐り込み、誰がなんというても、テコでもうごかないという。孫七が何とか説得に行くという。すると寝ていた筈の里んが障子につかまり、自分も行くという。

「うちのいうことなら、親方はきっと聞いてくれる筈」だという。孫七も、里んが為五郎の大の気に入りで、かたくなな為五郎を説得できるのは、里んの他にはいないだろうと思う。しかし、さっきまで半死半生だった里んである。兵助の背に負ぶわれて五十駄船へ行った。

為五郎は禿げ頭へ鉢巻をしめ、片肌脱ぎ、五十駄船の胴の間にあぐらを掻いていた。里んは兵助の背からおりると、為五郎の傍らへよって、そこに座った。

「おりろ。わしの船じゃ」為五郎は怒鳴った。「いやよ、おりるもんか！親方がおりるまでは、うちもおりん！」

ごろりと里んは手枕で横になった。為五郎は、胴の間に寝転んだ里んをしばらく睨みつけていたが、やがて、里んを両腕に抱き上げ、立ち上がると舟を降りたのだった。

当時の「山陽新報」によると、この時の洪水で、流失破損家屋は7千、浸水家屋は2万数千戸、流失船舶410有艘…とある。この中に、兵庫屋の荷船と飛船の17艘が含まれている。だが、五十駄船は危うく助かった。まだ未完だったので、為五郎は、けんめいに仕上げを急いだ。他の船も2艘が残っただけで、これでは商売にならない。水魔にさらわれる前の兵庫屋の持船は21艘であった。元に戻そうとするなら、19艘を新しく造らねばならない。とすれば、ざっと6千円という目が回るような大金が要る。

庄右衛門はこの年になって、思わぬ天災にあって、両の翼をもがれる思いに違いなかったが、しゃっきりした足取りで歩いていた。里んが「お金はどこかにあるの」と聞くと、「金はないが、金の成る木はある。それは信用という木じゃ」と言った。

さて、もう一つの検案である鉄道建設促進会の件であるが、昨夜の進歩亭における会合は、山陰山陽鉄道敷設運動の中心的人物である杉山岩三郎が岡山からやって来たのを囲んで開かれたものだった。杉山の他に大阪からも来ていた。大阪の人は東京へ行って、お上に私設の願書を出してきた。名前は「中国鉄道」と決まったらしい。それより驚くことは、鉄道会社の資本金が500万円だという。天文学的数字である。

里んはやつれた体を休めながらも、いろいろなことが頭を駆け巡った。岡山の山長旅館の座敷で、里んを待ち続けたであろう壮次郎のことが悔やまれた。清国へ行かんとする壮次郎の手紙に「今生にての再会は期しがたく…」と書かれてあった。里んはその手紙を、今も枕の下にいれているのだった

病床の里んが床払いするころ、季節はすっかり夏になっていた。この年赤痢が全国的に蔓延した。警察からの厳しいお達しで、生水も氷水も飲むことを禁ぜられた。煮沸した水以外の一切の飲料を飲むことを厳禁するという布令だったから、ラムネ工場は開店休業の状態だった。この年、日本全国の赤痢患者総数は16万人だったという。

水害に引き続いての赤痢さわぎで、城下町は火が消えたようになった。すまは捨吉からの手紙だけが生きがいだった。里んは壮次郎に最後の別れというのに、会いに行けなかったことを後悔していた。

船頭町五軒の同業は、復興にあたり共通に抱えている難問題について、しばしば会合

を重ねてきたが、結論は出なかった。

里んは五軒で会社にすることを提案した。「トッケもねえ！」と最年長の作州屋八兵衛が呻くようにいった。誰もが分かっていても、自分の代で暖簾を下ろしたくないのだ。兵庫屋を背負ってからの里んを五軒衆の人たちは「女」として受け取っていなかった。と言って「男」として見ている訳でもない。一種、ユニークな存在というしかなかった。

五人衆の会議で里んが提案したのは次の三つである。

一つ、帰農可能者は、この際進んで帰農して欲しい。退職金は1年10円の割で、在職年数に応じて支給する。

二つ、この際自発的に転職する者には、転業資金として一律50円を支給する。

三つ、大船頭の人数を10人に絞りたい。もし過剰になる場合は、万止むを得ず給料の引き下げを行う。

その中の一人がすぐ百姓に戻ると言ったが、後は誰もモノもいわず、重苦しい沈黙が続いた。「法被を脱ぐ脱がぬは一大事だから、この場で決める訳にはゆかぬ、あとで談合して決める」とのことで、みな引き上げていった。五十駄船は、あと4、5日でできあがる。

裏庭に面した雨戸をドンドン叩く音がした。雨戸の外の梅吉の形相はただではなかった。人員整理の件で職人たちの間で喧嘩になり、梅吉が匕首を抜き、相手の多市を切ったという。命には別条なかったが、里んは梅吉に自首させた。

もう盆地を囲む山々の紅葉は終わろうとしている。津山監獄署が追廻し遊廓と背中合わせの土手道に出来上がったのはその頃だった。獄窓に遊里のさんざめきが手に取るように聞こえてくるのは、辛辣な皮肉であった。

監獄所の前の差し入れ屋に、決まって月に1、2度、梅吉の女房の金が子供を負ぶってくる。たまには里んが付き添ってくることもあった。梅吉が切った相手は死んではいなかったが、裁判の結果、梅吉には2年の刑が科された。思わぬこの事件は、難しい人員整理をスムースに勧めることに役立った。多市と仙造は法被を脱ぎ、梅吉の入獄で、残る12人の大船頭はそのまま仕事に就ける結果になったのである。

ツタがヤソ教会に通い始めたのは冬の初めごろからであった。士族屋敷の並んでいる田町の一角に、この町最初のヤソ教会が登場してきたのは、去年の春のことであった。紅毛碧眼《へきがん》のイギリス人と日本の青年がたった2人でやってきて、ヤソを広めにかかった。

当初は気味悪がって、教会に近づく者さえいなかったが、そのうち信者がふえて30人余の男女が日曜ごとに教会に集まり、オルガンの音色が流れ、コーラスが聞こえた。

すでにそのころから、山陽道の発展に取り残された山間の城下町は衰退の一途をたどっていた。廃藩置県このかた不況は慢性的であったらしい。くわえて、数10年ぶりの大洪水に続いて、疫病がはやった。やがて新しい年、明治27年がきたが、近年にない淋しい正月であった。

そんな折から、城下町に一つの朗報が伝わってきた。中国鉄道建設の認可免状が下りた。ただし簡単に下りたものではなかった。山陽鉄道が姫路以西下関までの敷設については、政府からの補助金が相当ついた。それに引き換え、中国鉄道には鐚《びた》一文の補助金は下りなかった。山陽鉄道は神戸において官線と接続して、日本を縦断する幹線である。産業、経済国防上からも、この幹線の完成を政府は急いでいる。

しかし、中国鉄道に対して政府は、一地方の交通の便を計るというだけと見ている。こうなったら政府依存を止めて、独立自尊、文字通りの私設鉄道としてやり抜くほかはなかった。株主たちもやる気満々だった。早くも岡山側から測量が始まったという。「鉄道がつく」「汽車が来る」これは城下町にとっては、カンフル注射だったようだ。

この頃、朝鮮の事情が不穏になっていた。里んは石黒に「やっぱり戦争はおこるのでしょうか」と聞いた。石黒は言った「さあーたしかに心配だ。わが国は、維新このかたまだ20有数年にしかならぬ。いまは外国と戦う時ではない。それより文明先進国にならって、内政を整備すべきなのだが…」と。

日清戦争は、1年に満たない短時戦だった。しかも日本の圧勝に終わったから、はじめから勝てる戦争だったように、思われがちだが、当時、大清帝国と戦うということは、大冒険だったのである。負けるのではないかという不安は多くの人々の胸底にあった。当時、アメリカ人で日本を知らぬ者が多く、中には「中国に日本という名のつく省があって、それが中央政府に叛旗をひるがえした、それが日清戦争か」という者があり、また大きな清国のそばの小さな日本を見てこれでは戦にならぬかわいそうに、馬鹿なやつだ、と思われた。

日清戦争は意外にも、日本が勝利した。本年は戦勝のめでたい年だから、挙《こぞ》って新正月を祝うようにと、町役場から御達しが出た。太陽暦になってからすでに久しいが、町の正月はずうっと旧であった。突然新正月といわれても戸惑ってしまう。（今日でさえ、旧正月を祝うところは、まだまだ残っている。著者注）城下町の人々にとっては初めての新正月は、どうもしっくりこなかった。

元旦にはおめでとうも言い、雑煮も祝ったものの、一向にそれらしい気分がおこらず、気の抜けたような正月3日が過ぎた。その頃、どうやら、津山側からも近く鉄道工事が始まる、という噂がひろがった。やがて杭打ちが始まると、町には一種の活気がついてきた。

里んの弟の捨吉がイギリスへ行くことになった。これまで捨吉が学僕として仕えていたトーマスという人が、近く帰国するが、都合でイギリスへ伴ってやろうと言ってくれた。

終戦後、すでに3ヵ月にもなるのに、壮次郎から音沙汰は未だにない。戦争が終わったらきっと帰ってくると里んは信じていた。長又佐介もそう言っていた。町の出征兵士が凱旋して来始めた。だが、まだ戦争は終わっていなかった。講和後だから、戦争とは言えないかもしれない。新領土になった台湾の台北へ、初代総督海軍大将樺山資紀がやって来たのは、6月7日だった。以来、10月21日まで全島で戦闘が続く。日本軍が初めて体験する南溟《なんめい》酷暑の戦場である。将兵はマラリアに悩まされ、食糧に苦しみ、夥しい犠牲を出すことになった。病死4千6百余人、病兵は2万7千人にもなった（戦死傷は6百余人にすぎない）。

翌日、捨吉は帰ってきた。頭を左分け、背広姿ですっかり紳士になっていた。捨吉の休暇は3泊で終わった。今度帰るのは3年後だという。捨吉が去った後、すまはくたくたに疲れ、数日間床についた。張合いが抜けてしまったらしい。

番頭の忠七の話によると、今年はみんな鉄道工事へ働きに出ているので、イ草刈りの人夫が集まらず、備中では大変困っているらしい。この時期、中国鉄道は、全線にわたって総仕上げに入っていた。

津山はまだ変わらなかったが、都会の景気はうわむきだった。清国からの賠償金がざっと3億円、それに、朝鮮の市場を獲得したからであった。この年、日本は空前の企業ブーム時代に入り、ことに私鉄地方線への投資が目立った。第二次鉄道ブームの出現だった。津山駅前は、もういつ鉄道が開通してもよい状態だった。日本は台湾全島を平定して、この戦争に終わりを告げた。これから馴れない植民地行政に乗り出すことになる。

日清戦争で勝ったが、遼東半島は日本に渡したくないという、ロシアの強い意志が各国を動かした。

10月下旬、いよいよ中国鉄道が全通した。いつもの年だと、秋の徳守様の祭礼が終わると、ひととき城下町は気が抜けたようになるが、この年は、徳守様の数日後に、鉄道開業日が発表され、町は活気づき、湧きたった。

当日は夜の明けぬ間から、盛大に花火が打ち上げられた。町中の人が花火より先に起きていた。落ち着いて寝てはいられない日である。人々は、茣蓙《ござ》を担ぎ、重箱をさげて、境橋を渡ってぞろぞろ駅へ向かった。昨夜からの徹夜組も少なくないという。そのうち、あちこちから、だんじり囃子が聞こえ出した。各町自慢の演物《だしもの》を公演した。だんじり衆への接待酒の四斗樽が大店の店先に据えられた。

18の町のだんじりは、町筋へ練り出す。道中流しは、その後ろへつづく。

船頭町のだんじりが繰り込んできた。牡丹に唐獅子模様の華やかな揃いの長襦袢が、見物の眼を瞠らせた。船頭町のだんじりの番がきた。里んは、日の丸の大団扇を持って、引き綱の先頭に立った、曳き手のリーダーである。花笠を背に負い、牡丹に唐獅子の長襦袢を片裾からげ、首に紫の手拭を巻き、白足袋はだしというでたちの里んの一種、奇妙な美しさは人目を引かずにはいない。沿道の見物人が目ひき袖ひき噂している。

政五郎は、大手門で船頭町のだんじりを見送ったあと、津山駅へ行った。駅前にアーチがしつらえてあって、付近一帯、縁日のように屋台店が並び、ごった返す人出だった。駅構内の出はずれから、線路沿いの両側に見物の人々が、それぞれ場所を占めて、重箱をひろげ、一升徳利を傾けて、お城山の花見の再現だった。

帳場の壁に、1日4往復の汽車時刻表と汽車賃一覧表が貼ってある。津山から亀ノ甲までが7銭。誕生寺へ12銭。福渡へ24銭。岡山までは52銭。これは下等運賃で、中等は5割増しとある。所要時間は、2時間40分。

高瀬舟は西大寺まで28銭、汽車賃は2倍弱である。しかし、時間の差は比べ物にならない。汽車が3時間足らずで走るところ、飛船は、下り12時間、のぼり60時間以上もかかる。荷物になるとなおのこと、本日岡山へ出す貨物は66トンで58円80銭、それを4軒の運送店でひきうけ、ええ商売をする訳だ。高瀬船の運賃にくらべると3倍も高い。

ツタが教会へ通うのをみても、父の庄右衛門は気まぐれくらいにしか見ていなかった。

ところがツタは本気だった。

切支丹邪宗門の禁が解かれて、キリスト教の布教が自由になったのは明治6年である。津山城下町にキリスト教（プロテスタント）が入ってきたのはそれから10年後である。その後「田町教会」ができ、紅毛人の奏する手風琴に合わせて、ヤソの歌を唄っている。その中にツタがまじって、唄っているのだった。

それだけではすまなかった。ツタはその教会の牧師ムーアーと結婚すると言い出したのである。いくら出戻り娘でも、この時代、岡山県下で毛唐人と結婚した話は聞かなかった。人々は、寄ると触ると、空前の国際結婚の噂でもちきりだった。片や津山にただ一人の毛唐人、片や船頭町五軒衆の娘ときている。

城下町始まって以来の風変わりな婚礼のあと、庄右衛門は憑きものが落ちたように、しばらくぼんやりとしていた。思えば、ツタが毛唐人と結婚したいと言い出してから2ヵ月あまり、心安まる日はなかった。その上婚礼の日取りが7月7日という。美作にとって、この日は、忌み日といってもよかった。美作の国を拓き津山に鶴山城を築城した森右近太夫忠政公の命日にあたる。

森家は四代で終わり、その後松平家が九代に及んだが、7月6日を七夕まつりとする古い習慣は、二百数十年間そのまま受け継がれてきていた。

「7月7日に婚礼をするなんて前代未聞ぞな」庄右衛門は日取りを変更するよう、ツタに話したが、ヤソの方ではその日がいいのだと言い、「美作のほか日本国中が七夕をお祭りする佳い日じゃないの」というのだった。一事が万事こうであったが、ともかく結婚式は終わった。

里んは衰運に向う家業を昔に戻すことは無理だとしても、兵庫屋の屋台骨を引き担いでいく覚悟である。そのためには、思い切った合理化を進めなくてはなるまい。

そのうちツタ夫婦が神戸の教会へ転任することとなった。出し抜けの話ではなかったが、庄右衛門にとっては、大きなショックだった。生まれて以来、この親娘は離れて暮らしたことがなかった。宣教師の位も上がるし、教会は立派で大きく、信者も多いなどとツタは生き生きと話すが、聞く庄右衛門の顔つきは、いかにも淋しげだった。

例年。津山城下町では、徳守様の秋の大会を待ちかねて炬燵びらきをする。大祭は10月23日から3日間である。この時期、町中に「鯖ずし」の匂いが立ちこめる。

塩鯖の腹にすし米を詰め、竹の皮包みにして、沢庵を漬ける要領で四斗樽に置き並べ、重い漬物石を乗せて1週間ほど漬け込む。作州人にとっては、この「鯖ずし」が無くては、なんの秋祭りかなである。

徳守様の秋の宵宮の晩だった。兵庫屋では、在郷からのお祭りを、庄右衛門と政五郎が、鯖ずしでもてなしていた。そこへ慌ただしく駆け込んできた忠七の顔色が真っ青である。里んが闇討ちをかけられたという。「きっと下手人は船頭だろう」と、庄右衛門は考えている。

その少し前、里んは船頭衆を何名か解雇していた。身元は、中国鉄道開通後、不況をかこつ船頭町五軒衆の営業縮小の煽りを食って、解雇させられた尾高屋及び作州屋の元船頭共であった。この度の過酷な首切りの手本となったのが里んだったため、深く彼女に怨恨をふくんでいると陳述した。里んは頭を4針も縫う大怪我をしている。すまが知ればショックが大きいので里んは西大寺へいっていることにした。

里んは今日はもう正気に戻り、主治医も「頭のなかには故障はないようじゃ」と言ったので、庄右衛門はやっと安堵した。家業は衰運に向かい、ツタは神戸へ行き、とみに淋しくなった庄右衛門である。今は里んが唯一の生きる支えかも知れなかった。そのようなところへ、捨吉から手紙がきた。11月8日、神戸からイギリス汽船で、渡英するという。

里んは喜乃が奥津温泉へ湯治へいくというので、一緒にいくことにする。奥津温泉は津山城下町から北へ約5里。因幡境に近い、渓流のほとりの鄙びた山の温泉である。大釣峡、奥津峡にさしかかると人力車1台がやっと通れる山道である。

津山城下町もこのところ雪であった。はじめ水気の多い重たいのが降り、やがて、小麦粉のような乾いたのにかわると、「雪の果ては涅槃まで」と言われる本格的な降雪期に入る。

そんな時、見知らぬ人から、1通の手紙が届いた。差出人は大阪新町高島座気付、兵頭浅五郎、と聞いたことのない名前である。

内容は村田弥兵衛のことであった。兵頭浅五郎もやはり剣客で、士族の成れの果てらしい。兵頭と村田弥兵衛が知り合ったのは、「改良演劇」の角藤定憲一座で、弥兵衛が役者に殺陣を教えていた頃からである。角藤は岡山在の出身で、兵頭と知己になってこのかた、共に各座を転々し、全国を巡業していたという。目下は大阪新町の高島座を定打とする相良宗五郎一座に身を寄せているが、「さき頃より村田殿病臥。その後、病状はかばかしからず…」とある。

弥兵衛の高齢と病勢の重篤を見た兵頭が、郷里へ知らせようかと言うと、弥兵衛は、今さらなんの面目あって妻や孫たちにまみえ得ようかと、首を横にふったという。

それゆえ、この書信は兵頭一存にての発信につき、お含みおき下されたい。と手紙はむすんである。

里んと喜乃は翌朝津山に帰った。里んは帰るなり、岡山行きの汽車に乗り、夜の急行に乗った。孫七が付いて行ってくれた。

神戸で東海道線に乗換え、大阪駅へ着いた。駅から人力車で新町の高島座まで走らせた。古風な芝居小屋だった。そこの一番奥の破れ障子の部屋に、弥兵衛は寝ていた。里んと孫七はにじり寄って、老いてしなびた小さい顔をのぞきこんだ。「おじいちゃん、里んよ！」思わず取りすがりかけて手をひいた。壊れてしまいそうだった。「おう、里んか。ほっ。孫さんか。ではここは津山か」「そうなんよ。津山よ、おじいちゃん、あそこにみえるでしょう、お城山」兵頭浅五郎はじいっと弥兵衛の顔をのぞきこみ、「お里んさん、眼を閉じてさしあげなさい」と言った。

「桜とアザミ―板東俘虜収容所―」

大正6年、徳島県板野郡の板東という村（現鳴門市）に、第一次世界大戦における俘虜収容所が開設された。第一次世界大戦の発端はボスニアの首都・サラエボで、オーストリア皇太子夫妻がセルビアの一青年に射殺されたことから発火する。大正3年6月28日のことだった。当時のヨーロッパ列強国は、植民地獲得競争に鎬を削っていて、国際情勢は一触即発の危機をはらんでいた。ことにイギリスとドイツは植民地獲得と貿易の面で険しく対立していた。さらに石油資源が重視され始めた。ドイツはロシア・フランスへ、イギリスはドイツへ宣戦布告し、イギリスは同盟国日本に参戦を要請し、ドイツ東洋艦隊の撃破を要請してきた。ドイツ人がイギリス人に抱く憎悪は驚くほどで、またドイツ人が日本人に寄せる親愛ぶりは、これが昨日の敵かと疑いたくなるようだった。第一次世界大戦はヨーロッパでは史上空前の規模で、5年間も戦われたが、日本が戦った「大戦」は宣戦布告から戦闘行為終了まで、わずか77日間にすぎなかった。しかも戦場は膠州湾《チャオチョウ》の青島《チンタオ》にかぎられていた。

第一次世界大戦における俘虜収容所は、習志野（千葉県）・静岡（追手町）・名古屋（東区新出来町）・青野原（兵庫県）・似ノ島（広島県）・松山（大林寺）・大分（荷揚町）・徳島（万代町）・丸亀（下町）・久留米（三井郡）の10ヵ所（大正5年現在）で、この時点では「坂東」という名は見当たらない。

板東に俘虜収容所ができたのは大正6年である。昭和43年11月、棟田は大阪より船で板東を訪ねるが、この時点では当時の建物はそのまま残存していたという。

やがて日本軍も本格的に世界大戦へ参戦していった。ひところ、40名近くもいた各新聞社の従軍記者たちは、軍政の布告の出るころには数名しか残っていなかった。その居残り組の中に大阪朝日新聞社の美土路昌一《みどろますいち》がいた（彼は津山出身でのちに朝日新聞社長・全日空会長になる）。ある日、美土路記者は、二つの兵士の行列に出会った。一つは日本兵たちが、将校に引率されての青島見物だった。もう一つは日本兵の銃剣に護衛され、青島を去ってゆくドイツ兵俘虜であった。すれ違う両者は無言で、ただ互いに好奇の眼を見合わせながら去ってゆくが「そこには不思議なほど対敵の表情が、みじんもなかった」という（美土路著「青島従軍記」より）。

青島からの俘虜は3千数百人だった。当初政府が収容所の開設を予定していたのは、千葉県習志野、名古屋、大阪、姫路、福岡、久留米、熊本、松山、丸亀であったが、予想よりも人数が多く、新たに静岡と大分と徳島が追加された。しかし新たに収容所の建造はしない方針だった。おそらくあと1年もすれば戦争は終息するだろうという観測だったからだ。この後、なお5年も戦争が続くなど思ってもみなかったことである。

あわてたのは新たに追加された3市で、徳島県庁では、とりあえず市内にある県会議事堂の付属建物を供出することにした。徳島は収容所の所長を、同地歩兵第62連隊の経理首座の松江豊寿中佐(44歳)に決めた。彼は「俘虜ハ祖国ノタメ戦闘ニ従ッタ者ニシテ、ソノ境遇了察スベキモノコレ有リ候ニツキ、ミダリニ蝟集《いしゅう》シ、冷嘲侮ベツノ言動、不快ノ念ヲ抱カシムルヨウコレナキ…」と通牒を発し、徳島に205名の俘虜が来た。「俘虜がきよるぞ…」徳島の市民はドイツ人を見るのは初めてで、しかもこんなに大勢の異人集団を見るのも初めてだった。

四国に散在する収容所を1ヵ所に収容する案がだされた。この時、四国に開設されていた収容所は、松山、丸亀、徳島で収容俘虜の総数は千名を数える。これらを1ヵ所に収容するため、いろいろ検討した結果、徳島県板野郡板東町字檜の陸軍用地に決めたのである。この地には四国八十八ヵ所第一番の札所の霊山寺と阿波の国一ノ宮大麻比古神社があるほか、他に取り立てて言うこともない、ありふれた阿波の片田舎と聞く。そして千名の俘虜が板東収容所に入ってきた。この第一次大戦から10年前の日露の役には、ロシア俘虜九万余の士官を除くほとんどは文盲がしめたが、今度は違った。ヨーロッパ文明の進んだ科学と技術を身につけ、中には専門家など少なからず、「その指導を受けたいと思うものは、所轄の商工会議所を経て、俘虜情報局へ申し出られたし」と通達を公示している。

後備陸軍上等兵、農学士ハインリヒ・シュミットは洋種野菜栽培の専門家であった。板東町農会（会長藤井嘉之助）は、会長所有の畑五反歩を提供し、洋種野菜の試作地として、彼にマイスナーという通訳を通して早速指導に当たらせた。試作の野菜は10種類にのぼり、赤ナス（トマト）、火焔《えん》菜（赤ビート）、甘藍（キャベツ）、玉葱など、この地方にはなかったものだった。それだけに非常に珍しがられ、期待がもたれた。ただトマトケチャップなどはまだまだ受け入れられず、こっそり裏庭に穴を掘って埋めたという。他県から技術官派遣や問い合わせが殺到した。記録をみると、その後、シュミットは郡農会とか農蚕学校などにしばしば招かれている。

その他、経済学博士の准士官ベルナールは、郡役所に招かれて、郡長以下職員、小・中学校長に講演をしたのを手始めに、徳島市商工会議所、市の財政界の名士を前に、「大戦と世界経済の展望」と題する講演を行っている。ベルナールの他に捕虜のク・ノルという海軍一等水兵があちこち講演に引っ張りだされている。この他には、ウィスキー、ブランデーの製造指導に雇われたり、養豚場に出張していて、去勢したり、屠殺、調理を実地講話したが、一同、その妙技に舌を巻き大いに感銘したという。

もう一つ特筆しておかなければならないことがある。それは我が国における洋楽のことである。板東俘虜収容所に最初の宣教師が訪れたのは、ホトトギスの鳴く初夏の爽やかな一日であった。来所名簿には、スイス人・天主教宣教師　東京市小石川区のヤコブ・フンチカとある。彼らは3年の虜囚の生活を経ている。それは忍耐と苦痛の3年であったろう。それは同時に故郷にある家族も同じ試練に耐えているということであった。俘虜にとって、最大の慰安と心の支えは、お互いの友情である。次は音楽である。音楽こそは人の心を慰め和ませ、力づけてくれる。

板東にもクリスマスは訪れようとしていた。今年で4度目である。マイスナーたちが松山収容所にいたころ、クリスマスツリーの樅の木は、神戸在住のドイツ人に依頼して取り寄せていた。今年は収容所へ慰問にきた東京のシーメンス会社の支配人が寄贈を申し出てくれた。将校、下士官、兵卒で、クリスマス準備委員会をつくった。届いた樅の木は1本2メートル以上もある大きなものだった。食堂に置いた樅に、ローソク、星、花などきらびやかに飾りつけられた。巨大なクリスマスケーキをつくり、楽隊の音も聞こえていた。バイオリン、手風琴、ドラム、笛などの楽隊であった。「真白き富士の嶺」などが演奏された。大正8年ドイツ本国へ送還されるに先立って、徳島市の劇場で、楽団はお別れコンサートを開いた。

そのころ西洋から板東に伝わったものをあげておこう。町にできた新名所として、ドイツ式牧場である。この牧場の前身は精養軒という牛乳屋であった。舎主を久留島秀一といい、乳牛4頭を飼っていて、毎日、およそ18リットルあまりを搾乳して収容所へおさめていた。松江所長が「俘虜の中に、牧畜の専門家がいるが」とすすめたのがはじまりで、県下で初めての純ドイツ式の牧場が誕生した。4頭だった乳牛を16頭に増やし、毎日90リットルが搾乳でき、クリーム、バター、チーズなどの製造にも乗り出した。

松江所長は「こういうところでは、無聊《ぶりょう》が一番いけないんだ、それが原因でノイローゼにかかる者が多いそうだ」と言って、板東ではいろいろなことをやらせた。俘虜たちの製作品の展覧会の開催も計画されている。展覧会開催中は、捕虜はほとんど野放しの状態だったらしい。収容所から会場まで約2キロあるが監視者もなく、逃亡する気になれば造作ないが、そんな捕虜は一人もいなかった。ドイツ人たちにとって1月27日は重要な祝日であった。「わがカイゼル・ウイルヘルム二世陛下誕生日である」といって、この日を祝賀し、あわせて音楽会を催したいと希望してきた。松江大佐は「我が国も、天長節は国民をあげて奉祝するのだから、むろん許可する」といって、その日の消灯時限の延期など便宜をはかった。当日は、祝賀会場の食堂や兵舎では陽気な騒ぎが一日中続き、ビール・音楽・合唱・ダンスなど夜更けまで続いた。世にも珍しい捕虜の製作品展覧会の噂は、阿波一国はむろんのこと、淡路、播州、讃岐、伊予まで聞こえていた。

一方、ポール・エンゲル少佐を中心とする楽隊員は、期間中毎日、演奏することになり、練習に明け暮れた。演奏曲目はベートーベン、モーツァルト、シューベルトその他ローレライ、ドイツ民謡などという。大正8年に、ドイツ本国へ送還される時、徳島市の劇場で、お別れコンサートを開くが、その時の演奏曲目の一つに、ベートーベンの第九交響曲があった。これが日本における「第九」の最初の公開演奏であったという歴史的意義を持つ。

松江所長が「日本のものもやってもらいたい」というと「六段」、「さくらさくら」、「越後獅子」などの他に、当時日本で流行っていた「カチューシャ」もどうかといったという。エンゲルは「日本音楽は練習しなくても、楽譜をみただけで、十分満足できる演奏ができる自信があります」と答えた。

俘虜の製作品はじつに多種多様で、目録によると、絵が一番多く2百点あり、内訳は水彩、木炭、ペン、パステル、毛筆、鉛筆、油絵など。次には船の模型が多い。錫製婦人装飾品、シャンデリア、額縁、文鎮、鏡台、寝椅子などであった。棟田はこれらの作品がいまどこにあるだろうと探した。それらのうち、額縁とマンドリンと冷蔵庫をみることができた。それらは、半世紀の歳月にくすんでいたが、これが収容所の中で手作りされたものかと驚くほどの出来ばえであった。展覧会オープンの日は土地の人が「人出は坂東開闢《かいびゃく》以来」と驚いた。世界に例を見ない俘虜製作品展覧会は、大成功に幕を閉じた。

しかし展覧会閉幕1週間後、ヒンデンブルグ元帥とルーデンドルフ大将による「ミヒヤエル」作戦は発起された。この「ミヒヤエル」作戦に参加したドイツ軍は、71個師団。大砲6千5百門、迫撃砲2千5百門、防御、攻撃、爆撃の各飛行隊52個小隊。このドイツ軍攻撃の正面に布陣していたイギリス軍34個師団は、よく敢闘したがついに陣地を突破され、死者15万人を出し、9万人が捕虜にされるという惨憺たる敗北を喫したのだった。

世界に例を見ないと言われたほどの、俘虜たちと板東の土地の人々の仲の良さは偶然ではあるまい。俘虜たちや土地の人たちの気質もあるが、そこに収容所の所長である「松江豊寿」という人が居なくば、こうは行かなかったであろう。大正6年板東に俘虜収容所が新設された時、徳島俘虜収容所長に任ぜられたのが、陸軍歩兵中佐松江豊寿（44歳）であった。松江は痩躯長身、公私混同のできない几帳面なタイプであった。俘虜の総数は合計953名で、将校、准士官、少佐、などの上級者と下士卒、文官、判任官その他であった。俘虜の身状調査簿によると、プロの技術者が非常に多く、官吏、学者、貿易商社員その他、インテリが少なくない。松江大佐はその事情を情報局へ意見具申した。

そして収容所の所員には「彼ら千名は、降伏人であっても、現在は敗戦の民ではない」と言って人として扱うよう諭した。

松江大佐は「私の父祖たちは、鶴ヶ城落城と同時に俘虜となって、会津降伏人と呼ばれ、屈辱と惨苦の境涯に陥ったのである」といった。そして「降伏人…すなわち俘虜がどのように悲しいものであるか」を語り、所長としての俘虜に対する自分の方針を述べた。

日本のコックが作る西洋料理はまずいと俘虜がいうと、松江所長は俘虜の中からコック経験者を選んだ。

所員「彼らは増長している」

所長「せめて食欲くらい我がままをいわせてやろうではないか」

俘虜たちの大きな楽しみの一つは、演芸娯楽会だった。徳島では、土曜ごとに演芸会が催されていたというが、これは他の収容所にその例を見ない。同じ四国の松山と丸亀の場合、月1、2回しか許可していない。上等兵のライボルトが愛用のカメラを持って、異国の風物を撮りまくった。それらの写真を収めたアルバムはこの時から56年後の昭和47年、鳴門市大麻町檜、の板東俘虜収容所を記念してドイツ館が建設されたとき、西ドイツのライボルト老が同館へ寄贈した。

ポール・エンゲル少尉は、はじめは町の若者たち数人に、古風な遍路宿で、バイオリンを教えていた。やがて、噂を聞き伝えて武養から、徳島から、音楽好きのハイカラな男女がやって来だして、ここに「エンゲル音楽教室」が誕生したのである。それにしても、この教室の生徒の10数人が僅か一年半後には、捕虜で構成されている「ポール・エンゲル管弦樂団」に混じって徳島市の劇場で、モーツァルトの「レクイエム」とベートーベンの「第九交響曲」を演奏するまでになるのだった。

阿波の国の田舎町・板東に思いがけないヨーロッパ文明が花開いた。畑には、見たこともないトマトやビート、キャベツなどが植わっていて、珍しいドイツ式牧場や酪農場もある。このことに驚いたお遍路さんたちによって、「ハイカラな板東」の名は諸国へ伝えられた。

さて、戦局であるが、板東ではこのところ歓呼に値する報道にしばらく接しない。ドイツ軍第一次攻撃作戦は、怒涛のごとき進撃ぶりを見せたが、やや猪突猛進すぎた。これが英・仏軍に時をかせがせる結果となった。連合軍の反撃に先手を打ってヒンデンブルグ元帥は、第三次攻撃の幕を切って落とし、猛攻撃を命じたのである。しかし敵と同時に味方の兵力も日に日に消耗していったが、さらに第四次、五次の攻撃を続行し、フランスが音をあげるのを、期待しつつ続行し続けた。心配なのは銃後の国民の方だった。連合国海軍による海上封鎖と壮青年の男性のほとんどが戦場へ駆り出されていたので、生産の低下は、極端に食糧事情を悪化させていた。アメリカ軍は終局戦の戦場において、初めて一個の独立軍として、決定的な力を発揮して、ドイツ軍にダメージを与えた。

大正7年11月、第一次大戦終了。翌大正8年12月25日、俘虜の第一陣563人が板東を去った。日本では6度目のクリスマスの日であった。この

大正８年（1919）に帰国前のドイツ兵たちが建てた慰霊碑
（野上耕治氏撮影）

時点まで5年余も経っていた。さらばバンドウ・ラーゲルよ、全員がうしろを振り返りながら帰っていった。第二陣は翌9年1月、92人、ついで52人と別れて日本を去っていった。大阪から業者が来て建てたウィスキー工場の商会も閉鎖した。トマトケチャップ製造所も牛乳搾乳所も、養豚場も短縮され、板東は不景気をよぎなくされた。当時流行したスペイン風邪で11人のドイツ人が亡くなっている。板東に彼らの墓が建てられていた。

第二次世界大戦後、修羅の祖国へ戻ってきた引揚者は、哀れをきわめた。そこで長年荒れるにまかせた元俘虜収容所の建物が、「新生寮」という名で、引揚者住宅に替わった。満州からの引揚者の一人で高橋春枝という人が、裏山でかん木と雑草に埋まったドイツ墓をみつけた。古老に聞き、彼女は同じ俘虜となって、生死も知れぬ夫のことを思った。他人ごとではない。彼女は鎌を持って墓に行き、花と水と線香を供えた。やがて彼女の夫はウズベキスタンから帰ってきた。そして妻と共に墓守りの一人になった。

昭和35年11月27日、東京のドイツ大使館のウイルヘルム・ハース大使夫妻・神戸ドイツ領次官夫妻がドイツ墓に参拝した。大使一行は町長ほか大勢の人々に出迎えられて、元収容所のバラックを見てまわった後、山の墓地へ行った。高橋春枝にも会った。大使は退任して本国へ帰った時、バンドウとドイツ墓地のことなどを大統領に報告し、祖国の人々に日本人の心を伝えるといった。大使一行のドイツ墓参拝ということは、板東の人々の間にも、忘れ去られていた過去のことを思い出させることになった。

押入れや納屋に放り込まれたままの俘虜たちの遺品が40年ぶりに陽の目をみることとなった。そして俘虜収容所にいた元俘虜から手紙がきたりドイツとの交流が再開した。

フランクフルトでは、年に幾度か集まって「バンドウを偲ぶ会」をもう20年も続けているという。ハンブルグにも「バンドウ会」が誕生した。バンドウ会の一人だったマイスナーさんから手紙が届いた「あの折、私たちは俘虜でありました。そして皆さんは勝利国でした。にもかかわらず、私たちは心を通わせ合いました。国境も、民族の相違も、勝敗もありませんでした…」と。

神戸のドイツ領次官は、「ドイツ国は高橋春枝氏に対して、功労賞を贈ることになった」といった。この伝達式は町役場で行われた。元俘虜が訪ねて来るなど、半世紀ぶりに大麻町のことが話題になった。昭和42年に板東郡大麻町は、鳴門市に合併になり、その秋から、収容所の解体作業が始まった。

昭和45年夏、大阪では万国博覧会が開催されていた。8月になって、ドイツの元俘虜・エドアルド・ライボルトとパウロ・クーリーが万国博見物のため来日した。そして板東を訪問した。ライボルト75歳、クーリー78歳という高齢だったが、壮年のような足どりでやってきた。まず収容所跡に向かった。今そこはただ夏草の生い茂る原っぱにすぎなかったが、若き日に3ヵ月を、俘虜として過ごした二人には、50年前のバラックを容易に思い描くことができたであろう。牧舎も昔ながらのままあった。この元俘虜の板東訪問の翌年、鳴門市はドイツ館建設を構想し、翌47年5月に完成した。ドイツ館建設のことがドイツに伝わると、かつての俘虜た

ベートベン像と鳴門市ドイツ館（野上耕治氏撮影）

ちに大きな反響があった。

　徳島の四国放送は昭和46年にテレビ・ドキュメント「板東俘虜収容所」を制作した。そこには「民族を越えた信頼感によって生まれる愛が横溢している」ことを提示している。昭和43年11月半ば、棟田は初めてこの地の墓を訪れた。たばこを4本取り出して火をつけて、線香の代用にして供えたという。

　棟田博は戦後、昭和22年には栃木県宇都宮市郊外へ移る。昭和27年頃には神奈川県茅ヶ崎市へ移り、ここで教育委員長などして、茅ヶ崎市民として生きるが、書くものとしては、作州に題材をとったものが多い。

『そして、お犬小屋が残った』

五代将軍徳川綱吉の「生類憐れみの令」前後の津山藩の悲劇がテーマである。徳島ご城下を北へ5里。阿波ノ国、板野郡坂東に在る、四国八十八ヵ寺第一番の札所、霊山寺の裏やぶで、1個の死体がひっそりと雨にうたれていた。死体は、蜂須賀藩士で、藍方お代官配下の松野九平次、32歳であった。この寺は第一番の札所とあって四季、遍路の往来がおびただしい。その上、遍路の服装はみな同じである。その中から、捜査線上に、男の遍路がひとり浮かびあがった。

松野九平次は、数年前に江戸で召し抱えられた者である。算勘に長じているということで、藍方お代官の役所詰めとなった。世話する者があって、組内の娘を娶って一女をもうけたが、妻女は身体が弱く、幼い娘に心を残しながら病没した。九平次は後添いをもらわず、四つになる娘と2人で暮らしていた。住居は藩の下士が多く居住する、ご城下の助任《すけとう》町にあったが、ある日から娘喜乃の姿が消えてしまった。喜乃の行方は分からないままに日がたち、一方の九平次殺しもめどさえつかないで日がたった。藩士がご城下を離れる時は、届け出をしなければならない。九平次はそれをしていなかったので、なぜ霊山寺に行ったのかわからない。

横目付たちが聞き出したたところ、九平次にかぎって、人の恨みを買うことも、喧嘩口論をするような男でもないと、皆が口をそろえて証言した。およそ1ヵ月もたって、梅雨のあけるころ、鳴門の船頭が、だいぶ前だが、幼女を連れた若い武士に頼まれて、船を淡路へ出したことがある。武士は23、4歳。江戸言葉だったという。

江戸も梅雨があけかかっている。伊賀者の住み家である、四谷伊賀町の組屋敷。組頭、田尻与兵エの家の柴折戸を開ける若者があった。伊賀者の秋永又之助である。出迎えた与兵エが驚いたのは、又之助が4歳になる九平次の娘をおぶっていたことであった。与兵エは久米をよんだ。久米は与兵エの娘で、出戻りの女だった。久米は奥の座敷に蒲団をのべ、又之助から喜乃を抱き取った。

九平次たちは永代忍びという仕事をしていた。永代忍びというのは、心中に隠密と藩士という相反する人間を2人、棲まわせねばならぬ仕事だ。九平次はその重みに耐えられなかったのだ。

阿波蜂須賀藩の石高は20万7千石だが、実高は40万石を越えていると幕府はみていた。その上、他藩にない大きな財源すなわち阿波特産の藍である。幕府は家康以来、一貫して、諸大名には「富ませないよう」特に外様大名には要注意であった。参勤交代にしても、目的は妻子を江戸へ人質にしておき、江戸と両国で二重生活をさせ、参勤の道中に多額の費用を使わせた。諸大名の観察を役目とする幕府の大目付は、幕閣の耳目となって、二百数十諸藩の動静を常に探索していた。あらゆる情報を集め、これを分析して老中へ報告せねばならない。その手足が、お庭番、お小人目付、そして伊賀組同心であった。組屋敷から、ふいに誰かれの姿が見えなくなることがある。旅に出たのだろう。行先や任務については、組頭の他は誰も知らなかった。中には1年や2年、3年それ以上も帰らない者もあった。ごくまれに、出たっきり帰らないものもあった。隠密素性を見破られたら最後、生きては帰れなかった。中には、一生、あるいは代々にわたり、子々孫々、諜報に従事する永代忍びもいた。随分惨いことのようだが、組屋敷の者はみなすべて天職と心得て、励んでいた。

江戸の本丸、黒書院から御成廊下を隔ててすぐ幕閣の最高首脳部、老中と若年寄りが執務する御用部屋があった。

8月28日。この日は式日で、諸大名も出仕し、将軍綱吉が表座敷に出座することになっていた。大老・老中・若年寄りが揃い、午前10時半ごろ稲葉石見守と大老堀田筑前守が揃って廊下に出た。するといきなり稲葉が脇差を抜き、無言のまま堀田の脇の下から右肩さきを刺し貫いた。堀田は「石見。乱心」と叫びながら倒れた。大老堀田正俊は即死。稲葉正俊も五太刀を浴びて絶命。意外の惨劇である。老中は取りあえず、将軍の出座がお取り止めになった旨を諸大名に告げ、早々、退出するよう指示した。諸大名のいっせいの下城で、大手前は混雑をきわめた。しかも時ならぬ刻限であったから、行列の人々は事情はわからないながらも、不信をいだく。江戸の市民もそうであった。それにしても、何故の刃傷沙汰か、双方が死んでいるので詮議のしようがなく、また、理由を知る者がなく、堀田、稲葉両家の家臣たちもただ呆然とするばかりであった。

九平次は阿波に忍ぶ前、備前岡山藩へ忍んでいた。2年余だったが、まことに冴えた仕事であった。池田家の藩情があたかも手に取るがごとしであった。与兵エは「それを見込んで、永代忍びとして阿波へやったのだが、荷が重すぎたか」といった。

さて、喜乃について、子供は土地の言葉に馴染むのが早いというが、喜乃は2ヵ月余のうちに阿波訛りはかげをひそめ、すっかり江戸言葉になっている。そして近所の子供と元気に遊んでいる。与兵エが知りたいのは、喜乃が父九平次のことをどう思っているかということだ。喜乃は4歳である。そう簡単に父を忘れるはずはない。道中では、たびたび父のことを尋ねていたのであった。ところが、箱根を越えて小田原に泊まった晩に父上は…と尋ねたのが最後でそれ以後全く口にしなくなった。江戸に着き、草鞋をぬいでからは、一言も口にしないというのはどういうことなのか。喜乃が江戸の水に親しんでから2ヵ月半になった。江戸城本丸の石見守と大老堀田筑前守の刃傷沙汰は、真相は不明のまま誰一人その理由がわからなかった。そのうちどこからともなく江戸市中に噂が流れはじめていた。そのスピードは口から口へと速かった。

噂のもとは、将軍家綱に跡目の子がいなかったから。京より親王を招請すべきだとかいろいろな意見が出されたが結論として、舘林にいる家綱公の実弟・綱吉と決まった。

綱吉は五代将軍となるや、ただちに酒井忠清を放逐して、綱吉擁立の功労者である堀田正俊を大老に据えた。堀田の権勢は日毎に増し、綱吉といえども、おいそれと口出しできかねるほどの存在となった。

　市中は浪人が職を求めて次々と集まった。浪人どもを追放すれば、彼らの就職の道を絶ち、進退きわまれば、山賊・強盗・辻斬り・追い剥ぎ、または謀反の徒党を組むやも知れず、妻子在る者は乞食、非人に落ちるほかあるまい。ときの幕閣は、4人の老中によって構成されていた。4人は浪人を追放するのではなく、彼らの言動を厳しく監視することだと言った。浪人たちは、主に町道場に出入りしていた。江戸に町道場と私塾がめっきり増えたのは、ここ10年来のことである。この現象は浪人の増加と正比例している。腕に覚えのある浪人は町道場を開き、学ある者は塾を開いた。竹内流蜂谷道場もその一つである。

　この町道場に永礼兵馬という、作州津山の藩士がいた。棒をとったら永礼に適《かな》う者はいないという。竹内流という美作にある古い道場で、道場主は蜂谷弥左衛門という剣客であった。辺幅《へんぷく》を飾らず、質素で、貧窮浪人には物心共におしまなかった。50歳くらいで独身であった。弥左衛門は、同じく浪人の大関嘉門を兵馬より紹介された。嘉門は元野州烏山藩士であった。「領内の治政よろしからずにより」という甚だ納得のいかない理由で改易された。近年、改易された諸藩の大半は同じような理由で、納得はしていない。

生類憐みの令はいよいよ本末転倒して、人間虐待ということになってきた。「只越某がツバメの黒焼きが子供の病気に効くときいて、我が子を病気から救うために、ツバメを吹矢で射落とした、しかるに父親ばかりでなく、病児まで斬首されてしまった。この只越の女房は、30歳あまりで気が狂って、ここの往来を髪振り乱して、寄声を発しほっつきあるくありさまであった。

このころ、『馬のもの言い』と題して、時の政治を風刺した冊子が出た。著者は筑紫団右衛門という。大変な人気で、心ある者は内心、拍手喝采を禁じ得ない。この団右衛門は作州津山藩森家浪人だった。柳沢吉保は放ってはおかなかった。筑紫団右衛門は有罪、それも死罪だという。

ここで、ざっと津山藩の沿革について触れておこう。藩祖は森忠政で、元亀元年、美濃ノ国金山の城主、森可成の6男として出生した。内、3兄弟（森蘭丸・坊丸・力丸）は討ち死にしている。他の兄弟ことごとく戦場の露と消え、忠政一人が生き残った。この忠政が津山藩の初代城主となるのである。忠政には男の子はあったが、早くに病没している。そのため外孫・長継を二代藩主とした。母は忠政の二女お郷、父は支藩の関民部成次であった。長継には正妻に3男2女、側妻に9男11女を生ませて、合計25人の子に恵まれた。長継は66歳になり、藩主の座にあること40にも及ぼうとしていたので、長子忠継に座を譲り、引退を考えていた。その矢先に、忠継が病死した。38歳であった。忠継には男の子がいたが、まだ3歳の幼児（後の藩主・長成）のため、後を継がせるわけにはいかない。そこで、忠継の弟の長武を三代藩主に決めて、長継は引退した。津山から江戸へ移り、目黒の大崎に屋敷を構えて、大崎のご隠居様とよばれることになった。

ところが、長成が16歳になった年、長武はまだ42歳の男盛り、隠居する年ではない。長武は知らぬ顔で居座ろうとした。そこで、長継は、長武を厳しく叱責して、長成へ席をゆずれと命じた。そこで諦めて、しぶしぶ長成に譲った。長武の隠居料は2万石。津山を去って江戸へ移り、目白の関口台に屋敷を構えた。こうして森家では、二代目が目黒の大崎、三代目が目白に居住していた。

42歳の男盛りで隠居させられた長武の心境は、平らかではなかった。長武は何とか自分の意のままになる新藩主を据えたいと願った。そこで長武が思いついたのは、柳沢吉保であった。長武は自分の息のかかった、思い通りになる藩主を据えたいのである。

団右エ門の件もさることながら、もっと重大なことは、長武が柳沢吉保へ取り入ろうとしていることである…。

「犬を殺してはいけない」となれば、犬は増える一方である。さて、増えた犬をどうするか。将軍か柳沢吉保か、その両方とも言えよう。外様大名である津山藩にそのお鉢をまわしてきたのである。江戸の中野、四谷、大久保の広大な土地を利用して、犬小屋を作らされた。中でも中野は群を抜いて大きかった。多いときは、10万頭の犬が収容されたという。広さは当初の16万坪から30万坪となった。それも単なる犬小屋ではない。屋根は檜皮葺とか云々。犬を大事に飼っているので、このあたりを「囲《かこ》い町《まち》」というそうだ。近代まで、その広大な跡地は残っていて、そこに戦時中は、陸軍中野学校と陸軍憲兵学校が、隣り合わせにあった。戦後は、国家地方警察大学校を経て、旧警察大学校と旧警察庁になった。これは余談であるが、学生運動が盛んだった頃に、「犬を飼っていたところに今度は政府の犬が…」とささやかれてたとか。

作州に生まれた私が、これほど作州のことを知らなかったとは驚きであった。赤穂の「忠臣蔵」は有名になりすぎて、どこまでが本当か分からないが、ほぼ同時期に同じひどい目にあっている。この時、犬小屋をつくる責任者になったのが、津山藩主・森忠政の外孫・関衆利《あつとし》であった。その後、第四代津山藩主になるべく、江戸に向かっている途中で亡くなった。犬小屋造りで心身ともに疲れ果てていたからとも言われている。そして、津山藩森家はお取り潰しとなった。そのあとへ、越前から松平家が入ってきたという。

将軍は外様大名である森家をつぶそうとして、あれこれやってくるのであるから、太刀打ちできる筈もない。「作州の忠臣蔵」といっても過言ではあるまい。

棟田はこの作品の「あとがき」で、

私はこれまで書いてきた小説は、その、ほとんどが現代ものであり、時代ものには馴染みが薄かった。…この作品は、私にとって初の歴史小説で、それだけに苦労も多かったが、一面、思うさま郷里を描けるという楽しみがともなった。

と記している。

あとがき

棟田博と言えば、『美作ノ国吉井川』のお里んや『拝啓天皇陛下様』の渥美清主演の映画が思い出される。処女作は『分隊長の手記』であるから、兵隊作家と思われがちである。しかし、全体をみたとき、いろいろな分野の作品をかいている。

私が棟田作品で最初に読んだのが、『そしてお犬小屋は残った』である。この作品を読んだ時の感動を今も忘れることが出来ない。その他にも板東俘虜収容所のことを書いた『桜とアザミ』なども、読みごたえのある作品である。

棟田の作品は、その時代背景や一人ひとりの人格など、手にとるようにわかる。『美作ノ国吉井川』の出版、テレビドラマ化にあたって、西寺町の愛染寺にお里ん（『美作ノ国吉井川』の主人公）の碑が建立された。棟田博自筆の文が刻まれている。

津山城下町の生業を長い年月支え
てきた美作ノ国吉井川の高瀬舟

は文明開化の汽笛一声からほろび
のなかに消えた川に生き川に死んだ人
々を偲ぼうとて私はペンを執った

昭和四十八年卯月

棟田　博　誌す

碑の建立は、喜ばしいことで、携われた方々に敬意を表すると共に、より多くの人に知っていただきたい。

最後に本書を書き上げるまでに、多くの方々にお世話になりました。津山朝日新聞社、津山郷土博物館、津山市立図書館各位、棟田博氏の長男棟田良氏、長女安田雄子氏、野上耕治氏、難波祐輔氏、日本文教出版株式会社社会長塩見千秋氏に心より御礼申し上げます。

津山市の愛染寺にあるお里んの碑
（野上耕治氏撮影）

自宅で釣り道具の手入れ中（棟田 良氏提供）

近所の公園にて　昭和 57 年（棟田 良氏提供）

棟田 博の略年譜

西暦	和暦	歳	生涯	世相
1908	明治41	0	11月5日、岡山県英田郡倉敷町倉敷（現美作市林野）119番地の父伊藤諸助・母志けの二男として生まれる。	7月、第一次世界大戦
1914	大正3	6	旧林野小学校へ入学、4年まで在籍する。その後、父と一緒に神戸に出て神戸市の雲中小学校へ転校。そして神戸一中に入学、4年生で中退、津山に帰る。	
1918	7	10	母の実家「若狭屋」という屋号の高瀬舟の舟宿である棟田家（津山市西新町の伯母・棟田よ祢）の養子となる。家業手伝いのかたわら地方短歌の同人誌「橄欖」に投稿、発行にも加わった。神戸市内の学校を卒業、早稲田大学国文科に入学したが中退。	8月、シベリア出兵米騒動がおきる
1923	12	15		9月、関東大震災
1927	昭和2	19		3月、金融恐慌
1928	3	20	兵隊検査　甲種合格	
1929	4	21	1月、岡山の陸軍歩兵第十連隊に徴兵で入隊	
1931	6	23		9月、満州事変勃発
1932	7	24	上京、大衆小説「夜もすがら検校」に感動、作家の長谷川伸の弟子になり、終生の師に。	5月、五・一五事件
1936	11	28		2月、二・二六事件
1937	12	29	8月応召　12月赤柴部隊の歩兵上等兵として済南入城。	7月、日華事変勃発

西暦	和暦	歳	生涯	作品	世相
1938	昭和13	30	5月徐州作戦の前哨戦に参加し、台児荘の戦闘で負傷し、9月帰還。		
1939	14	31	文壇デビュー。	『分隊長の手記』（大衆文芸、3月号～5月号連載）単行本『分隊長の手記』（新小説社）『奉天曽我』（講談倶楽部5月号）『続・分隊長の手記』（大衆文芸、10月号～昭和15年6月号）	9月、第二次世界大戦開始
1940	15	32	大戦中は、大本営陸軍部報道員として各戦地に派遣される。	12月25日、『背嚢』（『裸の兵隊』「春の塹壕」「梅六成」所収）新小説社単行本『続・分隊長の手記』（新小説社）『赤柴部隊　英霊斯く戦いて散りぬ』東洋堂	
1941	16	33		『台児荘』（大衆文芸」新年号～17年5月号）『中華理髪店』（原題・短髪器）（オール読物4月号）『中華料理店』新小説社『魂伝令す』（キング9月号）	12月8日、パールハーバー作戦・シンガポール作戦・ビルマ作戦・フィリピン作戦
1942	17	34		『台児荘』新小説社で第二回野間文学奨励賞を受賞、『馬来上陸』東光堂『俘虜』東光堂『戦地だより』（国民学校聖戦読本4中級）学芸社『剃光頭』（日の出4月号）『木口小平』（講談倶楽部7月号）『朋友』『鶏をめぐりて』（講談倶楽部）『或る帰還兵の想い』協栄出版社『祖国之顔』湯川弘文社	1月23日ラバウル作戦、2月14日ジャワ作戦、2月26日スラバヤ作戦、5月12日アッツ作戦、6月5日ミッドウェー作戦、7月21日ガナルカナル作戦
1943	18	35	春、初めて南下してシンガポールに行く	11月10日『奉天曾我忠文館、『軍神加藤少将』大日本雄弁会講談社『兵隊と子供』宗栄堂『魂伝令す』大衆文芸社	2月、ガダルカナル島の日本軍撤退開始、5月、アッツ島守備隊玉砕

西暦	和暦	歳	生涯	作品	世相
1944	昭和19	36	4月～7月、インパール作戦に参加		7月4日、大本営インパール作戦中止の命令、7月、サイパン島守備隊全滅・東条内閣総辞職、10月、米軍レイテ島上陸フィリピン海戦・米軍グアム島上陸
1945	20	37	8月、北京で終戦を迎える		2月、米軍マニラ突入、4月、米軍沖縄上陸、4月18日ソ連宣戦布告占守島北端へ強行上陸進撃戦闘となる、4月20日日本軍降伏、4月21日武装解除、8月6日、アメリカが広島へ原子爆弾投下、8月9日、アメリカが長崎へ原子爆弾投下、8月15日、終戦
1947	22	39	栃木県宇都宮市へ移る	5月25日『北京恋ひ』世間書房	
1948	23	40		『地霊』（「モダン日本」1～6月号）	
1950	25	42	長女 雄子誕生		
1952	27	44	長男 良誕生	『誰が為に銃を執る』（面白倶楽部10月号）	
1954	29	46	茅ヶ崎市中海岸へ移る	『黄天』（大衆文芸1月号～翌30年6月号）	

西暦	和暦	歳	作品
1955	昭和30	47	『風流剣人伝』東方社『三人の元日本兵』（小説倶楽部6月号）『サイパンから来た列車』（面白倶楽10月号）
1956	31	48	3月「殿下物語」「イラワジ悲歌」「小壺酒家」「ジャングルの賦」「雪の日のソーニャ」（「ジャングルと兵隊」所収）『黄砂』（小説倶楽部3月号）
1957	32	49	『親分二等兵』（面白倶楽部3月号）『当番ガンエモン』『鉄兜を脱げ』『捧げェ銃』（読切倶楽部5月号～7月号）『せめてなりたや桃六さんに』（面白倶楽部8月号）、8月15日『兵隊人情ばなし』（新・小説選書）東京文藝社、『特さんとちょろ作』『さいのろ初年兵』『泣き虫当番兵』（読切倶楽部9月号～11月号）
1958	33	50	3月『勇士はここに眠れるか』別冊読切傑作集41号、4月『生と死の間に―ある伍長の回想』浪速書房、6月『大掃除当番兵』（読切倶楽部6月号）
1959	34	51	『風流事件』東京文芸社、『地と影』浪速書房
1960	35	52	『ああ、快また快』『今鳴るラッパは』（兵隊人情ばなし）（「山陽新聞」2月～10月）『ポッポ班長万歳』（兵隊人情ばなしより）（山陽新聞夕刊」2月～10月）『異状あります』東京文芸社
1961	36	53	『ジャングルの鈴』東都書房、（日本戦話集）『鶏』『嘘』『蛮歌』『写真』『消滅命令』（週刊新潮昭和36年5月15日～同7月24日号）
1962	37	54	『太平洋史』ジュニア版 全6巻（秋永芳郎共著）集英社4月1日～10月14日、『拝啓天皇陛下様』（週刊現代）、8月31日『開戦百日の栄光』太平洋戦史1 集英社、8月31日1巻『進攻篇・開戦百日の栄光』集英社、12月10日『拝啓天皇陛下様』講談社
1963	38	55	『聖書と握り飯』（日本戦話集）集英社『拝啓カアチャン様』（週刊漫画タイムス10月19日号～昭和39年6月13日号）
1964	39	56	『拝啓カアチャン様』秋田書店（サンデー新書）のち文春文庫『昭和戦争文学全集2 分隊長の手記』集英社、7月10日『ジュニア版 太平洋戦史1―進攻編・開戦百日の栄光』、『ジュニア版 太平洋戦史2―激戦編・戦火燃ゆる太平洋』

西暦	和暦	歳	生涯	作品
1965	昭和40	57		『拝啓庄助様 棟田博の拝啓シリーズ第3』東都書房、『分隊長の手記』東都書房、『拝啓夜情先生様 棟田博の拝啓シリーズ第4』東都書房
1966	41	58		『拝啓皇后陛下様』（平和新書）徳間書店
1967	42	59	昭和42年から20年にわたり、茅ヶ崎市の教育委員・委員長をつとめ、教育・文化行政に力を注いだ。趣味は釣り。	『拝啓モサクレ様』（春陽文庫）春陽堂書店
1968	43	60		『兵隊百年（明治のこころ）』清風書房
1969	44	61		『ビルマ大ジャングル戦』（少年少女太平洋戦争の記録3）あかね書房、『フィリピン攻防戦』（少年少女太平洋戦争の記録5）あかね書房、『中国大陸の戦野』（少年少女太平洋戦争の記録6）あかね書房、『日本の悲劇8月15日』（少年少女太平洋戦争の記録8）あかね書房、『ハンザキ大明神』スポーツニッポン新聞社
1970	45	62		『戦艦大和のさいご—日本海軍の落日』（太平洋戦争史5）偕成社、『鼻ひらけ青春』（サン・ポケット・ブックス）春陽堂書店
1972	47	64	津山文化功労者表彰	8月15日「壮烈！—ビルマ・インパール」学習研究社、9月15日『陸海勇士100選』秋田書店、10月20日『美作ノ国吉井川』、講談社、11月10日『攻略！—ジャワ・スラバヤ』学習研究社
1973	48	65	9月岡山で講演会「ヒューマンということ—板東俘虜収容所—」、津山で講演会「からゆきさん」開催	『桜とアザミ』は四国放送より同題名でテレビ・ドキュメントとして放映『桜とアザミ—板東俘虜収容所』徳島新聞（昭和48年〜49年連載）

西暦	和暦	歳	生涯	作品
1974	昭和49	66		『棟田博兵隊小説文庫』全7巻（昭和49～52年）光人社、1月11日『拝啓天皇陛下様』（棟田博兵隊小説文庫6）光人社、4月1日『サイパンから来た列車』（棟田博兵隊小説文庫7）光人社、5月11日「桜とアザミ—板東俘虜収容所」光人社、6月25日『鬼参謀』（棟田博兵隊小説文庫4）光人社、8月22日『分隊長の手記』（棟田博兵隊小説文庫1）光人社、10月29日『地と影』（棟田博兵隊小説文庫5）光人社、12月10日『兵隊日本史 日清・日露戦争編』新人物往来社、12月20日『続・分隊長の手記』（棟田博兵隊小説文庫2）光人社、『ほなけんど物語』講談社、『坂東捕虜収容所：愛の灯は消えず・・』国土社、『兵隊日本史 日清・日露戦争篇』人物往来社、『板東捕虜収容所・・愛の灯は消えず』国土社
1975	50	67		大衆文学大系30短編集（下）『分隊長の手記』講談社、2月15日『台児荘』（棟田博兵隊小説文庫3）光人社、6月10日『兵隊日本史—満州事変・支那事変編』新人物往来社
1976	51	68		3月10日『宮本武蔵—その実像と虚像』新人物往来社、『ごんたくれ』講談社、4月『革命児チャンドラ・ボース』国土社
1977	52	69		4月10日『兵隊三国志』（棟田博兵隊小説文庫8）光人社、5月25日『生と死の間に』（棟田博兵隊小説文庫9）光人社、『当番兵ガンエモン、鉄兜を脱げ、捧げェ銃』（読切倶楽部）、『特さんとちょろ作、さいのろ初年兵、泣き虫当番兵』（読切倶楽部）、『大掃除当番兵』（読切倶楽部）、『だんびら一等兵』（面白倶楽部）、『親分二等兵』（面白倶楽部）、『せめてなりたや桃六さんに』（面白倶楽部）、1月～12月『悲風百里』（のち『そして、お犬小屋が残った』）山陽新聞
1978	53	70	10月茅ヶ崎市教育委員長、茅ヶ崎市史編さん委員就任	5月4日『ああ昭和』第一巻 立志篇（棟田博兵隊小説文庫 別巻1）、『ああ昭和』第二巻 雄飛篇（棟田博兵隊小説文庫 別巻2）、6月6日『ああ昭和』第三巻 暗雲篇（棟田博兵隊小説文庫 別巻3）、7月10日『ああ昭和』第四巻 出陣篇（棟田博兵隊小説文庫 別巻4）、8月8日『ああ昭和』第五巻 再会篇（棟田博兵隊小説文庫 別巻5）光人社

西暦	和暦	歳	生涯	作品
1979	昭和54	71		8月22日『宇垣一成—悲運の将軍』光人社
1980	55	72		10月23日『陸軍よもやま物語』光人社
1981	56	73		7月7日『続・陸軍よもやま物語』光人社
1982	57	74		11月『陸軍いちぜんめし物語』光人社
1983	58	75		10月14日『そして、お犬小屋が残った』光人社
1984	59	77		6月24日『拝啓皇后陛下様』光人社、7月『教育之年のドンキ・ホーテ』学習研究社、11月『昭和浪漫詩人物語 ある漂白の詩人の生涯』光人社、12月18日『君子の器にあらず（将軍と参謀と兵と）』光人社
1986	61	78		7月1日『分隊長のよもやま談義』光人社
1987	62	79	10月茅ヶ崎市教育委員長、茅ヶ崎市史編さん委員辞任	
1988	63		4月30日棟田博死去（79）	
1993	5			5月12日『陸軍よもやま物語—用語で綴るイラスト・エッセイ』光人社NF文庫
1994	6			12月15日『陸軍いちぜんめし物語—兵隊めしアラカルト』光人社NF文庫

西暦	和暦	作品
1995	平成7	「サイパンからきた列車」（光人社NF文庫に収録）光人社
1996	8	10月14日『拝啓天皇陛下様―庶民派作家が描く兵隊人情の世界』「光人社NF文庫」 光人社
1997	9	10月10日『日本人とドイツ人―人間マツエと板東俘虜誌（光人社NF文庫）光人社
2002	14	『男たちの凱歌』（光人社）に『サイパンから来た列車』のみ収録　光人社
2004	16	6月『桜とアザミ』改題『板東俘虜収容所物語』光人社NF文庫
2005	17	6月『中華料理店』（帝国戦争と文学16）ゆまに書房
2006	18	6月1日『板東俘虜収容所物語―日本人とドイツ人の国境を越えた友情』（光人社NF文庫）光人社、8月1日『シベリヤ抑留兵よもやま物語－極寒凍土を生きぬいた日本兵』（光人社NF文庫）光人社
2010	22	8月14日「サイパンから来た列車」TBSサービス、10月1日「陸軍いちぜんめし物語―兵隊めしアラカルト」（光人社NF文庫）光人社、12月1日『海軍よもやま物語―帝国海軍おもしろイラスト・エッセイ』（光人NF文庫）光人社
2011	23	1月1日『海軍よもやま物語―用語で綴るイラスト・エッセイ』（光人NF文庫）光人社
2017	29	5月10日『学びなおし太平洋戦争1』（徹底検証「真珠湾作戦」）半藤一利監修秋永芳郎・棟田博著（文春文庫）、6月10日『学びなおし太平洋戦争2』「ミッドウェー」の真相に迫る半藤一利監修秋永芳郎・棟田博著（文春文庫）、7月10日『学びなおし太平洋戦争3』―運命を変えた昭和18年―半藤一利監修秋永芳郎・棟田博著（文春文庫）

参考文献

『棟田博兵隊小説文庫　全九巻』棟田博　昭和49－53年　光人社
　第一巻　分隊長の手記
　第二巻　続・分隊長の手記
　第三巻　台児荘
　第四巻　鬼参謀
　第五巻　地と影
　第六巻　拝啓天皇陛下様
　第七巻　サイパンから来た列車
　第八巻　兵隊三国志
　第九巻　生と死の間に
『棟田博兵隊小説文庫　別巻　全五巻』棟田博　昭和53年　光人社
　第一巻　立志篇　行こか戻ろか
　第二巻　雄飛篇　せまい日本にゃ
　第三巻　暗雲篇　有情無情
　第四巻　出陣篇　悲喜こもごも
　第五巻　再会篇　海ゆかば
『ハンザキ大明神』棟田博　昭和44年　スポーツニッポン新聞社
『美作ノ国吉井川』棟田博　昭和47年10月20日　講談社
『桜とアザミ―板東俘虜収容所』棟田博　昭和49年5月11日　光人社
『宮本武蔵―その実像と虚像』棟田博　昭和51年　新人物往来社
『岡山県大百科　上・下巻』昭和55年1月　山陽新聞社
『棟田博を偲ぶ』棟田小夜子編　昭和63年棟田小夜子出版
『そしてお犬小屋は残った』棟田博　昭和58年10月14日　光人社
津山の人物　1　平成2年　津山文化協会
「棟田博の世界」津山朝日新聞連載 平成9年5月1日～10月4日　無署名
インタビュー「父 棟田博と茅ヶ崎―安田雄子、棟田良氏に聞く―」平成29年　ヒストリアチガサキ11号
作州ゆかりの文人たち「作家・棟田博」上　津山朝日新聞連載　令和2年4月14日～同5月12日　12回
作州ゆかりの文人たち「作家・棟田博」下　津山朝日新聞連載　令和3年6月2日～同7月15日　29回
『真庭の民話』第三巻　真庭市教育委員会発行
津山市立郷土博物館　一部資料提供、著者作成
郷土資料部門あっ晴れ岡山人資料リスト　津山郷土博物館作成

編著者略歴

天児直美（筆名・照月）

1942年4月8日	岡山県勝田郡勝央町勝間田６９５（正行寺）に生まれる
1965年3月	国立音楽大楽教育音楽科卒業
1967年	国立在住の作家・江馬修と出会う。このころから文学に目覚める
1972年1月	江馬修死去
4月	郷里・岡山へ帰る
1974年4月	美作大学幼児教育科特任講師（ピアノ）
1985年9月	処女作「炎の燃えつきる時」—江馬修の生涯—春秋社より刊行
1991年	浄土真宗本願寺派本山にて得度　法名・照月
1992年4月	浄土真宗本願寺派 正行寺住職（生家）
2007年3月	美作大学定年退職
2012年3月	正行寺住職退任
2012年4月	津山市川崎（現住所）へ移り、文学に専念する。

岡山文庫 327　楝田 博の作品世界

令和4（２０２２）年 10 月 26 日　初版発行

編著者　天　児　照　月
発行者　荒　木　裕　子
印刷所　株式会社三門印刷所

発行所　岡山市北区伊島町一丁目 4–23 **日本文教出版株式会社**
電話岡山（086）252–3175（代）振替 01210-5-4180（〒 700–0016）
http://www.n-bun.com/

ISBN978–4–8212–5327–2

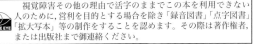

● 岡山県の百科事典

二百万人の

岡山文庫

○数字は品切れ

(1.) は品切れを示す丸数字を表す

1. 岡山の植物・西原礼之助
2. 岡山の祭と踊・神野力
(3.) 岡山の焼物・桂又三郎
(4.) 岡山の古墳・鎌木義昌
5. 岡山の民家・鶴藤鹿忠
6. 岡山の文学碑・山本遺太郎
7. 岡山の仏たち・脇田秀太郎
8. 岡山の動物・松本邦夫
9. 岡山の鳥・杉鮫太郎
10. 大原美術館・藤田慎一郎
11. 岡山後楽園・宗定克則・杉鮫太郎
12. 岡山歳時記・吉岡三平
13. 岡山の建築・巌津政右衛門
(14.) 瀬戸内海・緑川洋一
15. 岡山の民芸・外村吉之介
(16.) 吉備路・神野力
17. 岡山の魚・青木五郎
18. 岡山の昆虫・倉敷昆虫同好会
19. 岡山の城と城址・藤井駿・市川俊介
(20.) 岡山の果物・三宅忠一
21. 岡山の風物・岡山県広報協会
22. 吉備の女性・吉岡三平
(23.) 岡山の伝説・立石憲利
24. 岡山の酒・小出巌・西原礼之助
(25.) 岡山の街道・山陽新聞社
(26.) 岡山の絵画・脇田秀太郎・巌津政右衛門
(27.) 水島臨海工業地帯・平方与平
(28.) 岡山の旅・岡山県観光連盟
29. 蒜山高原・二若・富国・徳山
30. 岡山の歌謡・英玲二
(31.) 岡山の遺跡めぐり・間壁忠彦・葭子
(32.) 備前焼・小山冨士夫・藤原雄・中村昭夫
33. 岡山文学風土記・大岩徳二
(34.) 美作路・小山健三
35. 岡山の俳句・塩尻青笳・島津青沙
36. 岡山音楽夜話・保田太郎
37. 閑谷学校・巌津政右衛門・坂本一夫
38. 岡山の川柳・弓削川柳社
39. 岡山の民話・岡山民話の会
(40.) 岡山の刀剣・小林種次
41. 岡山の短歌・杉鮫太郎・藤原幾太
42. 岡山の医学・中山沃
43. 岡山の藺草・鈴木尚夫・中村昭夫
(44.) 岡山の人物・黒崎秀明
(45.) 岡山の駅・難波数丸
46. 岡山の現代詩・坂本明子
47. 岡山の交通・藤沢晋
(48.) 岡山の教育・秋山和夫
(49.) 備中神楽・山根堅一・坂本一夫
50. 岡山の民具・鶴藤鹿忠
(51.) 岡山の宗教・長光徳和
52. 吉備津神社・藤井駿・坂本一夫
53. 岡山の貨幣・原三正
(54.) 岡山の古戦場・多和和彦
55. 岡山の石造美術・巌津政右衛門
(56.) 岡山の方言・十河直樹
57. 岡山の歴史・柴田一
58. 岡山事物起源・吉岡三平
(59.) 高梁川・宗田克巳
(60.) 岡山の干拓・吉岡三平・進昌三
61. 岡山の電信電話・萩野秀
62. 吉備高原・宗田克巳
63. 岡山のおもちゃ・吉永義光
64. 吉井川・宗田克巳
65. 岡山の港・巌津政右衛門
66. 岡山の絵馬と扁額・脇田秀太郎
(67.) 旭川・宗田克巳
68. 岡山の温泉・石井猛・圓堂稔
69. 岡山の県政史・蓬郷巌
70. 岡山の道しるべ・巌津政右衛門
71. 岡山の笑い話・稲田浩二・和子
72. 美作の歌舞伎芝居・二宮朔山
(73.) 岡山の民間信仰・三浦秀宥
(74.) 岡山の奇人変人・蓬郷巌
75. 岡山の食習俗・鶴藤鹿忠
76. 岡山の明治洋風建築・中力昭
77. 山陽路の地理散歩・宗田克巳
(78.) 岡山の風俗・蓬郷巌
79. 岡山の海藻・大森長朗
(80.) 岡山の書・佐藤英夫
81. 岡山浮世噺・岡長平
82. 岡山の神社仏閣・市川俊介
83. 中国山地・三浦秀宥・竹内平吉郎
(84.) 岡山の島・巌津政右衛門
85. 岡山の山と峠・宗田克巳
86. 吉備の石ぶみ・井上雄風
(87.) 岡山の怪談・佐藤米司
88. 岡山の自然公園・山陽カメラクラブ
89. 岡山の漁業・西川太
90. 岡山の天文気象・石田五郎・佐橋謙
91. 岡山の郵便・萩野秀
(92.) 岡山の鉱物・沼野忠之
93. 岡山のふるさと村・巌津政右衛門
94. 岡山の経済散歩・吉永義光
95. 岡山の庭・山本利幸・前田勝也
96. 岡山の匠・浅原健
97. 岡山の童うたと遊び・立石憲利
98. 岡山の衣服・福尾美夜
(99.) 岡山の民俗・土井卓治・佐藤米司・鶴藤鹿忠
(100.) 岡山の樹木・西原礼之助・古屋野寛

101. 岡山と朝鮮・西川　宏
102. 岡山の和紙・白井英治
103. 岡山の艶笑譚・立石憲利
104. 岡山の文学アルバム・山本遺太郎
105. 岡山の映画・松田完一
106. 岡山の石仏・巌津政右衛門
107. 岡山の橋・宗田克巳
108. 岡山のエスペラント・岡　一太
109. 岡山の狂歌・蓬郷　巌
110. 百間川・岡山の自然を守る会
111. 夢二のふるさと・真田芳夫・葛原茂樹
112. 岡山の梵鐘・川端定三郎
113. 岡山の演劇・山本遺太郎
114. 岡山話の散歩・岡　長平
115. 岡山地名考・宗田克巳
116. 岡山の戦災・野村増一
117. 岡山の町人・片山新助
118. 岡山の会陽・三浦　叶
119. 岡山の石・宗田克巳
120. 岡山の滝と渓谷・川端定三郎
121. 岡山の味風土記・岡　長平
122. 目でみる岡山の明治・巌津政右衛門
123. 岡山の散歩道 東西・佐藤米司
124. 目でみる岡山の大正・蓬郷　巌
125. 児島湾・同前峰雄
126. 岡山の庶民夜話・佐上静夫
127. 岡山の修験道の祭・川端定三郎
128. 目でみる岡山の昭和Ⅰ・蓬郷　巌
129. 岡山のふるさと雑話・佐上静夫
130. 岡山のことわざ・佐藤・次田・竹内・福尾
131. 目でみる岡山の昭和Ⅱ・蓬郷　巌
132. 瀬戸大橋・ＯＨＫ編
133. 岡山の路上観察・香川・河原
134. 岡山の相撲・二宮朔山
135. 岡山の古文献・中野美智子
136. 岡山の門・小出公大
137. 岡山の内田百閒・岡　将男
138. 岡山の彫像・蓬郷　巌
139. 岡山の名水・川端定三郎
140. 両備バス沿線・両備バス広報室
141. 岡山の明治の雑誌・片山・来田・菱川
142. 岡山の災害・蓬郷　巌
143. 岡山の看板・河原　馨
144. 由加山・原　三正
145. 岡山の祭祀遺跡・八木敏乗
146. 岡山の表町・岡山を語る会
147. 逸見東洋の世界・白井洋輔
148. 岡山ぶらり散策・河原　馨
149. 岡山名勝負物語・久保三千雄
150. 坪田譲治の世界・善太と三平の会
151. 備前の霊場めぐり・川端定三郎
152. 藤戸・原　三正
153. 矢掛の本陣と脇本陣・武・中山・岡田・池田・柴口
154. 岡山の図書館・黒崎義博
155. 岡山の戦国時代・松本幸子
156. 岡山の資料館・河原　馨
157. カブトガニ・惣路紀通
158. 正阿弥勝義の世界・白井洋輔
159. 木山捷平の世界・定金恒次
160. 岡山の備前ばらずし・窪田清一
161. 良寛さんと玉島・森脇正之
162. 備中の霊場めぐり・川端定三郎
163. 岡山の多層塔・小出公大
164. 六高ものがたり・小林宏行
165. 下電バス沿線・下電編集室
166. 岡山の博物館めぐり・川端定三郎
167. 岡山の民間療法(上)・鶴藤鹿忠・竹内平吉郎
168. 吉備高原都市・小出公大
169. 玉島風土記・森脇正之
170. 洋学者箕作阮甫とその一族・木村岩治
171. 夢二郷土美術館・松田基・楢原雄一
172. 岡山のダム・川端定三郎
173. 岡山の森林公園・河原　馨
174. 宇田川家のひとびと・水田楽男
175. 岡山の民間療法(下)・鶴藤鹿忠・竹内平吉郎
176. 岡山の温泉めぐり・川端定三郎
177. 阪谷朗廬の世界・山下五樹
178. 目玉の松ちゃん・尾上松之助・中村房吉
179. 吉備ものがたり(上)・市川俊介
180. 中鉄バス沿線・中鉄バス㈱企画部
181. 飛翔と回帰―国吉康雄の西洋と東洋・小澤善雄
182. 岡山の智頭線・河原　馨
183. 出雲街道・片山　薫
184. 備中高松城の水攻め・市川俊介
185. 美作の霊場めぐり・川端定三郎
186. 吉備ものがたり(下)・市川俊介
187. 津山の散策 にし ひがし・黒田　晋・竹内平吉郎
188. 倉敷福山と安養寺・前川　満
189. 鷲羽山・山本慶一・西田正憲
190. 和気清麻呂・仙田　実
191. 岡山たべもの歳時記・鶴藤鹿忠
192. 岡山の源平合戦談・市川俊介
193. 岡山の氏神様・二宮朔山
194. 岡山の乗り物・蓬郷　巌
195. 岡山・備前地域の寺・川端定三郎
196. 岡山ハイカラ建築の旅・河原　馨
197. 牛《うし》窓《まど》を歩く・前川　満
198. 岡山のレジャー地・倉敷ぶんか倶楽部
199. 斉藤真一の世界・斉藤裕重・イシイ省三
200. 巧匠　平櫛田中・原田純彦

201. 総社の散策・神野力・葛原克人・加藤信二
202. 岡山の路面電車・楢原雄一
203. 岡山ふだんの食事・鶴藤鹿忠
204. 岡山のふるさと市・倉敷ぶんか倶楽部
205. 岡山の流れ橋・渡邊隆男
206. 岡山の河川拓本散策・坂本亜紀児
207. 備前を歩く・前川満
208. 岡山言葉の地図・今石元久
209. 岡山の和菓子・太郎良裕子
210. 吉備真備の世界・中山薫
211. 柵原散策・片山薫
212. 岡山の岩石・野瀬重人・沼野忠之
213. 岡山の能・狂言・金関猛
214. 岡山の鏝絵・赤松壽郎
215. 山田方谷の世界・朝森要
216. 岡山おもしろウオッチング・おかやま路上観察学会
217. 岡山の通過儀礼・鶴藤鹿忠
218. 日生を歩く・前川満
219. 備北・美作地域の寺・川端定三郎
220. 岡山の親柱と高欄・渡邊隆男
221. 西東三鬼の世界・小見山輝
222. 岡山の花粉症・三好・難波・岡・岡野・山本
223. 操山を歩く・谷淵陽一
224. おかやま山陽道の拓本散策・坂本亜紀児
225. 霊山熊山・仙田実
226. 岡山の正月儀礼・鶴藤鹿忠
227. 原子物理学の父 仁科芳雄・井上泉・イシイ省三
228. 赤松月船の世界・定金恒次
229. 邑久を歩く・前川満
230. 岡山の宝箱・臼井洋輔・臼井隆子
231. 平賀元義を歩く・渡部秀人・竹内佑宜
232. 岡山の中学校運動場・奥田澄二
233. おかやまの桃太郎・市川俊介
234. 岡山のイコン・植田心壮
235. 神島八十八ヶ所・坂本亜紀児
236. 倉敷ぶらり散策・倉敷ぶんか倶楽部
237. 作州津山 維新事情・竹内佑宜
238. 坂田一男と素描・妹尾克己・イシイ省三
239. 岡山の作物文化誌・臼井英治
240. 児島八十八ヶ所霊場巡り・倉敷ぶんか倶楽部
241. 岡山の花ごよみ・前川満
242. 英語の達人・本田増次郎・小原孝
243. 城下町勝山ぶらり散策・橋本惣司・倉敷ぶんか倶楽部
244. 高梁の散策・朝森要
245. 薄田泣菫の世界・黒田えみ
246. 岡山の動物昔話・立石憲利・江草昭治
247. 岡山の木造校舎・河原馨
248. 玉島界隈ぶらり散策・小野敏也・倉敷ぶんか倶楽部
249. 岡山の石橋・北脇義友
250. 哲西の先覚者・加藤章三
251. 作州画人伝・竹内佑宜
252. 笠岡諸島ぶらり散策・NPO法人かさおか島づくり海社
253. 磯崎眠亀と錦莞莚・吉原睦
254. 岡山の考現学・おかやま路上観察学会
255. 「備中吹屋」を歩く・前川満
256. 上道郡沖新田・安倉清博
257. 続・岡山の作物文化誌・臼井英治
258. 土光敏夫の世界・猪木正実
259. 吉備のたたら・岡山地名研究会
260. いろはで綴るボクの子供事典・赤枝郁郎
261. 民話の里鏡野町伝説紀行・立石憲利・片田知宏
262. 笠岡界隈ぶらり散策・ぶらり笠岡友の会
263. つやま自然のふしぎ館・森本信一
264. 岡山の山野草と野生ラン・小林克己
265. 文化探検 岡山の甲冑・臼井洋輔
266. ママカリ ヒラに まったりサーラ・窪田清一
267. 岡山の駅舎・河原馨
268. 守分 十の世界・猪木正実
269. 備中売薬・土岐隆信・木下浩
270. 倉敷市立美術館・倉敷市立美術館
271. 津田永忠の新田開発の心・柴田一
272. 岡山ぶらりスケッチ紀行・南一平・網本善光
273. 倉敷美観地区 歴史と民俗・吉原睦
274. 森田思軒の世界・倉敷ぶんか倶楽部
275. 三木行治の世界・猪木正実
276. 岡山路面電車各駅街歩き・倉敷ぶんか倶楽部
277. 赤磐きらり散策・高畑富子
278. 岡山民俗館 民具100選・岡山民俗学会
279. 笠岡市立竹喬美術館・笠岡市立竹喬美術館
280. 岡山の夏目金之助(漱石)・横山俊之・熊代正英
281. 吉備の中山を歩く・熊代哲士・熊代建治
282. 備前刀 日本刀の王者・佐藤寛介・植野哲也
283. 繊維王国おかやま今昔・猪木正実
284. 温羅伝説・中山薫
285. 現代の歌聖 清水比庵・笠岡市立竹喬美術館
286. 鴨方往来拓本散策・坂本亜紀児
287. 玉島旧柚木家ゆかりの人々・倉敷ぶんか倶楽部
288. カバヤ児童文庫の世界・岡長平
289. 野﨑邸と野﨑武左衛門・猪木正実
290. 岡山の妖怪事典 妖怪編・木下浩
291. 松村緑の世界・黒田えみ
292. 吉備線各駅ぶらり散策・倉敷ぶんか倶楽部
293. 「郷原漆器」復興の歩み・高山雅之
294. 作家たちの心のふるさと・加藤章三
295. 自画像の異彩画家 河原修平の世界・倉敷ぶんか倶楽部
296. 岡山の妖怪事典 鬼・天狗・河童編・木下浩
297. 歴史・伝承・文学・アート 岡山の魅力再発見・柳生尚志
298. 井原石造物歴史散策・大島千鶴
299. 岡山の銀行 合併・淘汰の150年・猪木正実
300. 吹屋ベンガラ・臼井洋輔